PAUL SAVERNON

L'Alcôve de nos Rois

Les Maîtresses de Henri IV

E. BERNARD & Cie

N° 5

L'ALCOVE DE NOS ROIS

Les Maîtresses
de Henri IV

Par Paul Savernon

PARIS

E. BERNARD et Cie, IMPRIMEURS-ÉDITEURS

29, Quai des Grands-Augustins, 29

Droits de Traduction et de Reproduction réservés.

LES
Maîtresses de Henri IV

I

LE ROI HENRI, SON ENFANCE ; SES MOEURS ;
LISTE DE SES MAITRESSES

Dans une des vastes salles du magnifique château
de Pau, tapissée en bois de chêne, le soir du 12 novembre 1553, Jeanne d'Albret, reine de Navarre, fut
prise du mal d'enfant. ~

Antoine de Bourbon, son mari, n'était pas auprès
d'elle : il bataillait.

Mais le sieur Pierre de Bourbon, le neveu du Connétable, l'aïeul à barbe blanche, rieur et bon vivant,
comme dans les romans de chevalerie, voulut que
Jeanne d'Albret, au moment de ses douleurs, récitât
une chanson béarnaise, une légende du pays, afin de
ne pas avoir un enfant pleureur et rechigné.

Ainsi, dans les *Chansons de geste*, Berthe, aux
grands pieds, la femme de Pépin, en mal d'enfant,
avait entonné un chant de guerre, et celui qui était
né de son amour s'appela Charlemagne.

Le vieux duc de Bourbon commanda que le petiot fut frotté d'ail et qu'on approchât de ses lèvres une coupe de vieux Jurançon, le vin à la couleur dorée, afin que l'enfant fût robuste comme le Béarnais de la montagne.

A peine détaché de ses lisières, le jeune Henri fut livré à lui-même.

On le vit se mêler aux jeux les plus aventureux, sur les pics des rochers, avec les fils des Basques réputés les meilleurs coureurs du monde.

Il régnait dans tout le midi une familiarité simple et facile entre les princes et les paysans, fidèles serviteurs.

Les Basques, libres et fiers, n'obéissaient à leur seigneur qu'à la condition qu'il vécut avec eux.

Ils aimaient dans Henri le compagnon de leurs courses, lutteur, batailleur et déjà fort gausseur, et hâbleur d'une hâblerie à la gasconne, hardie mais sincère.

Aussi, le duc de Bourbon, l'aïeul, était tout joyeux de voir un enfant si malin, qui rappelait la *Chanson de Roland*, traduite par de Saint-Pelaye :

> Roland étant petit garçon
> N'obéissait pas à sa mère.
> Il était vif et polisson.
> Tant mieux, disait Monsieur son père,
> A la force joint la valeur,
> Nous en ferons un militaire.

Dès l'âge de dix ans, Henri était déjà populaire dans les villes et les campagnes du Béarn.

Il résidait quelquefois à Morlaix, l'ancienne demeure des princes de ce pays.

Il allait à Nay manger des cuisses d'oie et du jambon à l'ail.

Il courait à Jurançon boire le vin des riches vignobles, à Navarreins, récemment bâtie par Henri d'Albret, pour y dompter les chevaux et les mulets ardents ; la mule des Pyrénées, comme celle des Asturies, veut de bons cavaliers.

On ne voyait partout que le jeune Henri, vêtu, comme les enfants du pays, d'étoffes tissées à Lescar, la manufacture des bérets et des gilets d'un rouge écarlate.

C'est à ses courses dans les champs, aux bourgs lointains, qu'on rattache la jolie et triste aventure d'amour de Henri de Béarn avec Fleurette, la fille d'un jardinier.

On la raconte dans la langue du pays. Elle est reproduite dans les estampes populaires, vendue dans les fêtes rustiques, à côté d'Azalais et de Gentil Aimard, de Marguerite d'Anjou et de Pierre de Provence.

Henri IV avait alors quinze ans, et dans ses courses de Basque, il avait connu une jolie fille du nom de Fleurette.

Ensemble ils cueillaient les fleurs bleues des Pyrénées et chantaient les gaies chansons du Béarn, où l'on rencontre toujours un couplet amoureux.

Tendrement épris, et bientôt oublieux, Henri avait abandonné l'enfant naïve qui, de désespoir, s'était noyée dans un torrent.

Voilà la tradition.

Quand Henri vint à la cour des Valois, auprès de Charles IX, il était selon l'expression de celui-ci, beau comme un soleil.

Il offrait ce charme mâle et très réveillé de la race méridionale; il avait plus d'esprit babillard à lui seul que tous les mignons réunis, et il pouvait se vanter d'avoir au moins autant de bravoure.

Nul ne l'égalait pour mugueter les femmes; aussi ne quittait-il pas Charles IX dans les galantes aventures.

Le roi l'aimait avec passion : il ne pouvait se passer de la compagnie de son Henriot qui le faisait tant rire par ses grimaces et ses médisances envers les plus grandes femmes de la cour.

Henriot buvait bien, aimait les plats les plus épicés et avait un faible pour l'ail de Gascogne.

Jamais fatigué à la chasse, sonnant du cor aussi fort que le roi, crevant chevaux sous lui sans s'arrêter, un bon drille en un mot que Catherine de Médicis vantait à toutes ses demoiselles, et plus spécialement à Marguerite, sa fille, qui lui était destinée en mariage.

Marguerite de Valois avait tout ce qu'il faut pour plaire. A une beauté ravissante, elle joignait un esprit infini et beaucoup de science.

Elle parlait latin comme un docteur de l'Université. Elle faisait des vers italiens et français avec une facilité extrême.

Galante comme tous les Valois, son cœur appartenaît au duc de Guise avec un abandon charmant.

Marguerite allait-elle aimer le prince de Béarn, caractère si opposé au sien, infidèle par tempérament, sans distinguer le rang de la dame qu'il désirait?

Très osé, à la répartie vive, il n'avait pas ces délicates manières qui constituent la galanterie.

Quand il aimait une femme, il la poursuivait partout avec tenacité : il ne s'arrêtait devant aucun obstacle ni aucun respect.

Marguerite de Valois avait une certaine renommée de caprices amoureux, et lorsque Catherine de Médicis l'accorda au prince de Béarn, Charles IX dit en riant « que sa mère donnait sa sœur à tous les huguenots du royaume. »

Et cela pouvait s'appliquer aussi bien à la politique qu'à l'amour.

Un tel mariage ne pouvait donner le bonheur.

Ce qui rendait le sort de Marguerite plus lamentable, ce que désavouait son cœur, ce qui la rendait malgré elle rebelle au devoir, même à la nécessité, ce n'est pas seulement l'absence de toute espèce d'amour pour le prince jeté dans ses bras par l'implacable politique de sa mère.

Non seulement l'infortunée princesse n'aimait pas son mari, mais elle le détestait de tout l'amour qu'elle avait pour un autre.

Lorsque Henri de Navarre l'embrassait, elle ne pouvait se défendre de songer à Henri de Guise, le galant, le poétique Henri de Guise, l'ami d'enfance, l'ami du cœur qui s'éveille, l'ami éternel, celui qu'elle devait aimer à travers toutes les vicissitudes et les déceptions.

Si Marguerite eût, depuis, tant d'amants, n'est-ce pas parce qu'elle n'en trouva jamais un qui le valût ?

Henri IV devait être trompé plus que personne. Il s'en vengea par son amour désordonné de toutes les femmes.

On lui faisait d'amers reproches et il s'en justifiait par des gasconnades.

Il était plein d'esprit dans ses réparties qui blessaient quelquefois trop pour qu'on les lui pardonnât.

Il lui arriva d'être raillé à son tour.

Un jour, pendant qu'il tenait ses quartiers à Montmartre, il contemplait Paris du haut de la colline.

— Quel beau nid de maris c..., dit-il, à un de ses gentilshommes !

Et celui-ci répondit :

— En effet, Sire : on voit d'ici le Louvre !

Henri IV était nerveux et particulièrement sensible, comme toutes les races méridionales.

Il passait subitement, et sans raison apparente, de la joie à la tristesse.

Il gémissait souvent sur l'ingratitude du peuple, sur la résistance même que ses caprices rencontraient.

Quand on lui reprochait ses voluptés, il répondait:

— Au milieu de tous mes soucis, que me resterait-il, si je n'avais pas quelque belle maîtresse pour me distraire !

Sans aucun respect pour la morale, il vivait publiquement avec les femmes qu'il aimait, entouré des enfants de ses amours, auxquels tous devaient rendre hommage plus hautement peut-être qu'à des princes légitimes.

Il aima des bergères, des paysannes, des bourgeoises, des princesses et des religieuses.

Ses intrigues avec maintes abbesses prouvent peut-être que ce galant huguenot était destiné à se convertir.

Henri IV, avec son sang si chaud de Gascogne, s'élançait comme le bouc antique sur ses proies amoureuses. Il promettait et s'engageait à tout, en véritable Gascon.

Il marchandait et achetait filles et femmes. En vain, dans les *Amours du Grand Alcandre*, — Alcandre, c'était lui, — la princesse de Conti a-t-elle voulu élever jusqu'au sentiment et à l'amour cette prostitution du cœur. Elle n'y a pas réussi.

Vers la fin de sa vie, on aurait dit que précisément parce que Henri n'était ni beau ni jeune, il avait fait gageure de prouver qu'il aurait à ses volontés toutes les femmes, et que la pluie d'or de ce Jupiter trouverait toujours des Danaë dans tous les rangs et dans toutes les conditions de la société.

Gai, jovial, gracieux, d'une faiblesse et d'une bonté extrêmes, il semait la cour et la ville de petits enfants d'amour qu'il adorait.

Vraie ou jouée, aucune protestation ne lui coûtait pour attirer dans ses bras une beauté nouvelle.

Il ne craignait ni peine, ni fatigue, ni danger; il se déguisait, se transformait en charbonnier ou paysan.

Il courait les grandes routes, battant l'estrade, les parcs, les forêts, escaladant les murs, grimpant sur les balcons.

Plus tard, il gardait encore ses espiègleries de cadet de Gascogne.

Il retenait l'amour par les ailes, de crainte qu'il ne lui échappât.

Le roi Vert-Galant n'avait pas seulement la passion des femmes : il était encore joueur enragé.

Il le fut dès son jeune âge, il le fut jusqu'à sa dernière heure.

Voici, à ce sujet, ce qu'écrit le duc de Nevers, dans ses *Mémoires* :

« Nous faisons le plus plaisant carnaval du monde. En cet an de grâce 1567, le prince de Béarn a prié les dames de se masquer et de lui donner bal tour à tour. Il aime le jeu et la bonne chère. Quand l'argent lui manque, il a l'adresse d'en trouver, et d'une manière toute nouvelle et toute obligeante : il envoie à ceux qu'il croit de ses amis une promesse écrite et signée de lui. Jugez s'il y a maison où il soit refusé. On tient à beaucoup d'honneur d'avoir un billet de ce prince, et chacun lui prête avec joie parce qu'il y a deux astrologues ici qui assurent que leur art est faux ou que ce prince sera un jour un des plus grands rois de l'Europe. »

Par la suite, l'amour du jeu posséda Henri à tel

point que Sully se plaint des dépenses excessives qui en résultaient, et nous apprend que ses remontrances à cet égard étaient fréquentes.

Le roi en était quitte pour des promesses d'amendement.

Toutefois, il craignait tellement les gronderies du grand ministre que plus d'une fois il retarda le paiement de ses dettes de jeu pour ne pas les avouer sur-le-champ.

Henri IV jouait même en public.

Il écrivit un jour à Sully pour lui demander neuf mille livres qu'il avait perdues à la foire de Saint-Germain, en bijoux et en bagatelles, lui mandant que les marchands le tenaient « *aux chausses* » pour cette somme.

Le roi du Pont-Neuf harcelé par des forains !

Cette passion de Henri IV pour le jeu porta aux mœurs une funeste atteinte.

Le souverain révoqua, en quelque sorte, par son exemple, les lois anciennes qui défendaient le jeu, et ses grandes qualités même aggravèrent le mal en rendant moins honteuse une passion qu'elles entourèrent de leur prestige.

Les courtisans ne se firent pas faute d'imiter le maître ; la ville imita la cour et il s'ouvrit sous son règne un grand nombre de tripots publics, ridiculement décorés du nom d'académies de jeu.

Henri IV était loin d'être avare, et c'est sans doute pour cela qu'il fut, à certaines époques, le roi le plus pauvre de la terre.

Une de ses maîtresses, la belle Gabrielle, avait des bijoux et des diamants à profusion, elle avait des mouchoirs qui coûtaient dix-neuf cents écus pièce et le roi manquait de chemises ! Ecoutez plutôt cette scène de 1594, racontée par L'Estoile :

« En ce même temps, on ramena au roi ses grands chevaux, parce qu'il n'y avait pas de quoi les nourrir. Le roi s'adressant à M. d'O, lui demanda d'où cela venait. — «Sire, dit-il, il n'y a pas d'argent. » — Ma condition est misérable, reprit le roi ! On me fera tantôt aller tout nu et à pied. — Puis, se retournant vers son valet de chambre, il demanda combien il avait de chemises. — Une douzaine, Sire, encore y en a-t-il de déchirées. — Et de mouchoirs, dit le roi, n'est-ce pas huit que j'ai ? — Il n'y en a pour cette heure que cinq, répartit le valet. »

Deux ans après, Henri IV écrivait à Sully :

« Je veux bien vous dire l'état où je me trouve réduit, qui est tel que je me trouve fort proche des ennemis, et n'ai quasi pas un cheval sur lequel je puisse combattre ni un harnais complet. Mes pourpoints sont troués au coude. Ma marmite est souvent renversée et, depuis deux jours, je dîne et je soupe chez les uns et chez les autres, mes pourvoyeurs disant n'avoir rien à me fournir pour ma table, d'autant plus qu'il y a six mois qu'ils n'ont pas reçu d'argent. Partant, jugez si je mérite d'être ainsi traité, et si je dois plus longtemps souffrir que les financiers et trésoriers me laissent mourir de faim, et qu'eux tiennent des tables friandes et bien servies. »

Le roi de France était peut-être décavé à la suite
de quelque malheureuse partie.

Cependant, les impôts étaient presque aussi lourds
qu'aujourd'hui.

Jugez-en par l'anecdote suivante, réellement amusante.

Un matin, en se promenant avec Gabrielle d'Estrées
sur les bords de la Loire, le roi aperçut un pêcheur
qui rêvait les yeux ouverts, couché, tout de son long,
au fond de son bateau amarré à la berge.

Henri se plaisait à converser avec les gens du peuple. Il imitait en cela le kalife de Bagdad, et il avait
bien raison.

Un souverain en apprend plus souvent d'un ouvrier
que de vingt courtisans.

— Eh l'ami! dit-il au pêcheur, à quoi songes-tu là?
Attends-tu que les alouettes te tombent toutes rôties
dans le bec?

— Oh! répondit le rustre en secouant négativement la tête, pas si niais! Tant qu'il y aura des impôts, en veux-tu, en voilà, sur le pays, je sais bien que
les alouettes n'y pleuvront ni crues, ni cuites!

— Tu trouves qu'il y a trop d'impôts?

— Dame! Est-il juste, par exemple, que moi, qui
fais vivre ma femme et mes quatre enfants de mon
métier, je sois forcé de payer pour jeter un malheureux filet?

— De payer cher?

— Trop cher! Douze écus par an. Le roi aurait ces
douze écus de moins dans sa poche et je les aurais de

plus dans la mienne que les choses n'en iraient pas plus mal !

— Et le roi, continua Henri, ne compte-t-il pas mettre ordre à tous ces impôts ?

— Le roi, reprit le pêcheur, est un assez bon homme, mais il a une maîtresse à laquelle il faut tant de belles robes et d'affiquets, que cela n'en finit point. Et c'est nous qui payons cela. Passe encore si elle n'était qu'à lui, mais on dit qu'elle se fait caresser par bien d'autres !

Gabrielle devint pâle.

— Comment murmura-t-elle, vous me laissez insulter par cet homme, Sire ! Dites-lui vite qui vous êtes et envoyez-le en prison.

— Allons donc ! répondit le roi en riant, c'est un pauvre diable et on doit indulgence aux pauvres, ma belle ! Loin de l'envoyer en prison, je ne veux plus qu'il paie les douze écus pour son bateau, et je suis sûr qu'il chantera tous les jours : *Vive Henri IV ! Vive Gabrielle !*

Mais nous ne voulons pas oublier que nous ne nous sommes promis que d'étudier Henri IV au point de vue de l'amour.

Le sujet est assez vaste pour nous effrayer mais il est assez attrayant pour nous séduire.

**

Nous allons dresser, autant que faire se peut en pareille matière, dans l'ordre chronologique, une

liste complète de toutes les maîtresses de Henri IV,
amours, passions, erreurs ou caprices, et donner au
moins une mention à celles qui ne doivent pas avoir
ou ne peuvent pas avoir d'histoire.

Voici donc le bilan amoureux du roi Vert-Galant :

1° Charlotte de Beaune Samblançay, dame de
Sauve, marquise de Noirmoutier (1573-1576).

2° Jeanne de Monceau de Tignonville, plus tard,
comtesse de Pangeas (1576).

3° Dayelle, fille d'honneur de Catherine de Médicis,
Grecque échappé du sac de Chypre (1578).

4° Catherine du Luc, d'Agen (1578).

5° Anne de Balzac de Montaigu (1578).

6° Arnaudine, d'Agen (1578).

7° Mademoiselle de Rebours (1579).

8° Clairette, fille d'un jardinier de Nérac, qu'il ne
faut pas confondre avec la pauvre Fleurette dont nous
avons raconté la fin tragique (1579).

9° Françoise de Montmorency-Fosseux (1579).

10° Madame Sponde.

11° La demoiselle Maroquin.

12° La Xaintes, soubrette de Marguerite de Navarre.

13° La boulangère de Saint-Jean.

14° Madame de Petonville.

15° La baveresse.

16° Mademoiselle de Duras.

17° La Pancoussaire, à Pau. C'est peut-être la même
que la boulangère de Saint-Jean.

18° La comtesse de Saint-Maigrin,

19° La nourrice de Castel-Jaloux.

20° Les deux sœurs de l'Epsée.

Toutes ces maîtresses sont des premiers temps et environnées d'un voile légendaire qui ne permet pas de distinguer bien nettement leurs traits.

21° Diane d'Andouins, comtesse de Gramont, dite la belle Corisande (1582-1591).

22° Dame Martine.

23° Esther Imbert, à la Rochelle (1587).

24° Antoinette de Pons, marquise de Guercheville, puis comtesse de Liancourt (1589-1590). Maîtresse cornélienne et platonique que Henri IV voulut avoir et ne put avoir, ni d'assaut ni autrement.

25° Catherine de Verdun, religieuse de Longchamp, puis abbesse de Vernon (1590).

26° Marie de Beauvilliers, abbesse de Montmartre (1590).

M. Paulin Paris, le spirituel et érudit annotateur de Tallemant des Réaux, cherche à arracher l'abbesse de Montmartre au sérail de Henri IV. Mais tous les historiens galants sont précis et ne lâchent pas leur prise. D'après M. de Lescure, l'argument de M. Paulin Paris est, en effet, plus précieux que décisif. Il dit : En 1690, Marie de Beauvilliers n'était pas abbesse de Montmartre. Elle ne le fut qu'en 1698. C'étaient, lors du voisinage corrupteur du camp royal, Catherine de Havard, ou Madame de Lenante. Mais Marie, quand elle fut maîtresse de Henri IV, n'était encore que simple religieuse. La crosse abbatiale fut la récompense de ses *services*. Sauval

qui la connut ne met pas en doute le succès de Henri IV.

27° Marie Babon de la Bourdaisière, plus tard vicomtesse d'Estanges, cousine de Gabrielle d'Estrées.

28° Gabrielle d'Estrées, dame de Liancourt, marquise de Monceaux, duchesse de Beaufort (1591-1599).

29 et 30° Julienne-Hippolyte d'Estrées, marquise, puis duchesse de Villars ; Angélique d'Estrées, abbesse de Maubuisson, passèrent aussi pour avoir ramassé les miettes de la table de leur sœur et eu leur passagère part de l'attention de Henri IV, bientôt entièrement absorbée par Gabrielle.

31° Madame de Montauban.

32° Mademoiselle La Glandée.

33° Mademoiselle d'Harancourt.

34° Mademoiselle de Senante.

35° Henriette de Balzac-d'Entragues, marquise de Verneuil (1599-1610).

36° La comtesse de Limoux.

37° Jacqueline de Bueil, comtesse de Moret (1604-1610).

38° Madame Lanery.

39° Madame de Maupeou.

40° Mademoiselle de Foulebon, Charlotte, plus tard veuve de François de Barbezières-Chemerault.

41° Bretoline.

42° La duchesse de Nevers, qui résista.

43° La duchesse de Montpensier, qui refusa.

44° Catherine de Rohan, duchesse des Deux-Ponts, qui se fâcha.

45° Mademoiselle de Guise, princesse de Conti, auteur présumé des *Amours du Grand Alcandre*, qui a raconté l'histoire galante de ce temps, histoire où elle eût sa grande part. Henri IV ne la trouva pas assez sage pour en faire sa femme, mais peut-être la trouva-t-il assez peu sage pour en faire sa maîtresse.

46° Madame Clein ou Quelin, femme d'un conseiller au Parlement.

47° Mademoiselle Fanuche, simple courtisane, comme La Glandée, comme Bretoline. Ces deux premières sont indiquées par Tallemant des Réaux.

48° Madame de Boinville, femme d'un maître des comptes.

D'Aubigné, Bassompierre, L'Estoille et Sauval citent encore : Madame Aarsen, Madame de Sault, Madame de Ragny, Madame de Champlivault, Madame Camus de Pontcarré, Charlotte-Marguerite de Montmorency, princesse de Condé et Mademoiselle Paulet.

En attendant que nous revenions sur les plus intéressantes de ces amours, nous tenons à donner le portrait, ou si l'on préfère, le médaillon, de quelques-unes de ces beautés distinguées par celui qui fut le plus ardent gentilhomme de son époque.

Madame de Sauves était douée de grâces qui ensorcelèrent tour à tour, et même à la fois, le duc de Guise, le duc d'Alençon et le roi de Navarre.

Elle était, par l'esprit et la beauté, des plus recherchées et des plus utilisées parmi cet escadron de jolies femmes, filles d'honneur et dames d'atours, que Catherine de Médicis employait à ses desseins, et qui faisaient plus de traités que ses diplomates et plus de conquêtes que ses généraux, par la seule persuasion ou la seule victoire de leurs yeux.

Mézeray nous a laissé d'elle une jolie esquisse où il la montre « n'employant pas moins ses attraits pour les intentions de la reine que *pour sa propre satisfaction*. »

Madame de Sauves penchait tantôt pour le duc d'Alençon, tantôt pour Henri de Navarre.

Au fond, elle ne les privait de rien.

On raconte qu'un soir que le duc d'Alençon était auprès d'elle, le roi de Navarre lui fit un tour de page de sorte qu'en se retirant, il heurta quelque chose si rudement qu'il eut l'œil tout meurtri. Le lendemain, de plus loin que le roi de Navarre le rencontra, il s'écria : « Eh ! qu'est cela, mon Dieu ! à l'œil ? à l'œil ? Quel accident ! » Le duc lui répondit brusquement ; « Ce n'est rien : peu de chose vous étonne. » L'autre continue de le plaindre ; le duc, piqué d'ailleurs, s'avance et, feignant de ne penser qu'à rire, lui dit à l'oreille : « Quiconque dira que je l'ai pris où vous pensez, je le ferai mentir. »

Des amis communs les empêchèrent de se battre.

Mademoiselle de Tignonville était fille de la gouvernante de Madame, sœur du roi de Navarre.

Elle eut la première, nous dit M. de Lescure, le dangereux honneur d'éveiller le cœur du prince revenu dans ses Etats. Henri, grand amateur de fruits verts, ne put voir impunément cette beauté à peine épanouie.

Il ne parvint pas néanmoins du premier coup à en cueillir la fleur.

La jeune Tignonville persista à attendre du mariage le droit d'avoir un amant et conserva sa réputation pour la mieux compromettre.

La baronne de Pangeas répara, aux dépens du baron, les torts de Mademoiselle de Tignonville.

Enfin, comme l'a dit Joubert, le châtiment de ceux qui ont trop aimé les femmes, c'est de les aimer toujours.

Nous avons cité, parmi les dernières maîtresses de Henri IV, Charlotte-Marguerite de Montmorency, princesse de Condé.

Fille d'un amour sénile, dernière fleur, la plus charmante, de ce rude tronc des Montmorency, Charlotte-Marguerite avait ce parfum énivrant, cet attrait fatal irrésistible aux têtes grises.

Elle était prédestinée à être la femme des suprêmes amours. Jamais un vieillard ne la vit impunément.

Le roi, dit Bassompierre, était épris d'un amour forcené pour l'admirable fille qu'il avait fait épouser au prince de Condé, tellement épris qu'il ne pouvait se contenir dans les bornes de la bienséance.

Bref, Charlotte-Marguerite de Montmorency aurait tué Henri IV si Ravaillac avait manqué son coup. Nous aurons à reparler de cette charmeresse.

II

LA MARQUISE DE GUERCHEVILLE ET L'ABBESSE
MARIE DE BEAUVILLIERS

Une marquise qui résiste, une religieuse qui cède, voilà le double sujet de ce chapitre.

Le vrai peut quelquefois n'être pas vraisemblable.

Dans ces temps si remarquables d'une corruption presque générale des mœurs, on aime à rencontrer une femme assez vertueuse pour résister aux désirs d'un roi libertin, d'un roi qui marquait par les plus folles débauches son passage dans les différentes provinces du royaume.

Antoinette, marquise de Guercheville, naquit d'Antoine, seigneur de Pons, comte de Marennes, lieutenant du roi en Saintonge, et de Marie de Montchenu, dame de Guercheville, douzième femme de ce seigneur.

Le roi vit Antoinette de Pons pendant sa campagne en Normandie, en 1590, et alors il y avait huit ans que durait sa liaison avec la comtesse de Guiche, ce qui rendait son cœur plus facile à de nouvelles impressions.

Quand bien même son amour pour la comtesse n'aurait pas été entièrement éteint par une longue possession de sa personne, que cette dame n'aurait pas eu à regretter toute sa beauté perdue, que l'absence n'aurait pas produit son effet ordinaire sur Henri, ce prince se serait encore occupé de la marquise de Guercheville, parce que cette jeune veuve, élevée à la cour de Henri III, la plus polie de l'époque, y avait puisé ces manières aisées, ce ton agréable qui ajoutent un dégré de séduction aux charmes de la figure, aux grâces de la taille et de la tournure et que tous ces avantages de la marquise, dignes de captiver le roi, étaient encore rehaussés par une vertu inattaquable.

D'autant plus amoureux qu'il n'entrevoyait que des obstacles à sa passion, il résolut d'employer tous les moyens possibles de s'assurer cette conquête.

Aux galants propos succédèrent les présents, mais la vertueuse Antoinette les refusa.

Pour ôter au roi toute espérance, elle évita de le voir et se retira bientôt dans sa terre de La Roche-Guyon.

Le roi alla plusieurs fois la trouver et n'obtint qu'un refus respectueux.

Pressé par sa tendresse et usant d'une ressource extrême, qui lui réussit auprès de plusieurs maîtresses, il lui proposa de l'épouser.

La fierté de la belle Antoinette ne se démentit pas ; elle continua de refuser, lui répondant un jour où il renouvelait sa proposition avec plus d'insistance :

« Je ne suis peut-être pas d'assez bonne maison pour être votre femme, et j'ai le cœur trop noble pour être votre maîtresse. »

Voulant tenter une dernière ressource, Henri IV s'avisa de faire une partie de chasse du côté de La Roche-Guyon.

Sur la fin de la journée, s'étant séparé de la plupart de ses courtisans, il envoya un gentilhomme demander asile pour une nuit.

Madame de Guercheville ne fut pas embarrassée et répondit au gentilhomme que le roi lui ferait beaucoup d'honneur ; qu'elle le recevrait comme il devait être reçu.

En effet, elle commanda un magnifique souper, fit éclairer toutes les fenêtres du château avec des torches, comme c'était la mode dans ce temps-là.

Elle se para de ses plus beaux habits ; et lorsqu'elle sut que Henri s'approchait, à l'entrée de la nuit, elle alla le recevoir à la grande porte, accompagnée de toutes ses femmes et de quelques gentilshommes des environs.

Des pages portaient des torches devant elle.

Le roi, transporté de joie, la trouva plus belle que jamais.

Les ombres de la nuit, la lumière des flambeaux, les diamants dont elle était couverte, la surprise d'un accueil si favorable et si peu accoutumé, tout contribuait à renouveler ses anciennes blessures.

Madame de Guercheville le pria de monter dans son appartement pour se reposer, le conduisit jusqu'à la porte de sa chambre, lui fit une grande révérence et se retira.

Le roi crut qu'elle voulait donner ordre à la fête qu'elle lui préparait.

Mais il fut bien étonné quand on vint lui dire, qu'elle était descendue dans sa cour et qu'elle avait crié tout haut « qu'on attelle mon coche » comme pour aller coucher hors de chez elle.

Il descendit aussitôt et, tout éperdu, lui dit :

— Quoi, Madame, je vous chasserais de votre maison ?

— Sire, lui répondit-elle d'un ton ferme, un roi doit être maître partout où il est ; et, pour moi je suis bien aise de conserver quelque pouvoir dans les lieux où je me trouve.

Et, sans vouloir l'écouter davantage, elle monta dans son coche, et alla passer la nuit à deux lieues de là chez une de ses amies.

Le roi tenta la même aventure une seconde fois : elle lui répondit de la même manière, polie, respectueuse et sage.

Convaincu de l'inutilité de ses efforts, le roi renonça à ses projets et dit à Madame de Guercheville que, puisqu'elle était réellement dame d'honneur, elle le serait de la reine qu'il mettrait sur le trône par son mariage.

Et, en effet, lorsqu'il épousa, en 1600, Marie de Médicis, il la nomma *dame d'honneur* de cette princesse.

Déjà Henri s'était employé à lui procurer un mari digne d'elle.

Il avait écrit en faveur de Charles du Plessis,

qu'elle n'avait accepté de lui que parce qu'il n'existait entre eux aucun engagement, encore ne voulut-
elle pas, pour un scrupule beaucoup trop affecté,
porter le nom de ce second mari.

Nommée dame d'honneur, la marquise alla recevoir la reine Marie à Marseille, et la suivit à Lyon.

Aimée de cette princesse, elle resta à la cour, y
servit de modèle, y étant constamment donnée
comme exemple.

Ce fut elle qui introduisit auprès de la Reine l'abbé
depuis cardinal de Richelieu, et commença ainsi
la fortune d'un prélat qui l'avait charmée par ses
sermons.

Elle mourut universellement regrettée.

*
* *

Descends du haut des cieux, auguste vérité...
Dis les malheurs du peuple et les fautes des princes !

Au mois de mai 1690, Henri IV assiégeait Paris et
ses troupes couronnaient Montmartre.

Le roi Henri aurait précédé les poètes des Quatre-
z-Arts.

Il existait là, depuis 1133, une abbaye de femmes,
rétablie par la reine Adélaïde ou Alix de Savoie,
épouse de Louis VI, dit le *Gros,*

« Comme les religieuses avaient été contraintes de
se retirer à Paris, ce changement de lieu leur fit
changer de vie et à l'abbesse toute la première ussi

bien qu'aux chapelains ; que, s'il en resta quelques-unes à Montmartre, Henri IV et les autres chefs qui y vinrent camper, les corrompirent de sorte que les satiriques parlèrent de cette montagne comme d'un lupanar. »

Ainsi s'exprime Sauval dans son *Histoire et ses Recherches des antiquités de la ville de Paris.*

Si on ouvre un livre curieux, intitulé *Amours des rois de France,* on y lira :

« A son exemple, ceux qui commandaient sous lui (Henri IV) cajolèrent la plupart des religieuses avec tant de scandale qu'on nomma l'abbaye le *magasin des g..... de l'armée.* »

Il y avait alors dans cette abbaye, comme religieuse Marie de Beauvilliers, fille de Claude, comte de Saint-Agnan, qui mourut à la suite du duc d'Alençon, en 1583, et de Marie Babou de la Bourdaisière.

Née le 27 avril 1574, au château de la Ferté-Hubert, en Pologne ; envoyée dès l'enfance au monastère de Beaumont-les-Tours, elle y prit, à douze ans, l'habit de Saint-Benoit, et y fut élevée par Anne Babou de la Bourdaisière, sa tante, dont elle fut par la suite la coadjutrice.

Marie fit profession à Montmartre, avant l'âge de seize ans, plutôt pour soulager sa famille, qui se composait de trois garçons et de six filles, que par une vocation décidée.

Cette jeune victime atteignait à peine sa dix-septième année quand le roi la vit.

Sa beauté et surtout sa jeunesse le frappèrent.

L'attrait de la nouveauté l'entraîna, et bientôt il eut flétri l'innocence de cette religieuse, trompée elle-même par la tendre confiance de ses jeunes ans, et peut-être aussi par l'espoir secret de la liberté.

Pendant plusieurs nuits, le roi pénétra dans le couvent, où quelque bonne sœur l'introduisait en cachette, et le matin, il sortait sans avoir l'air de se cacher.

Peut-être voulait-il faire croire qu'il venait de faire des dévotions.

C'est égal, ce fut là une drôle de préface à sa conversion.

Obligé de quitter la position de Montmartre, Henri fit conduire sa douce conquête à Senlis, n'oubliant rien de ce qui pouvait rendre ce séjour agréable.

Est-il un bonheur durable, et un bonheur qui repose sur le caprice d'un roi?

Henri se laissa subjuguer par les charmes de Gabrielle d'Estrées, dont nous raconterons bientôt le roman, et toutes ces pensées se rapportèrent à ce nouvel objet.

Occupée d'un autre amour, ou pénétrée des avantages qu'elle pouvait tirer de sa résistance à la passion du roi, Gabrielle d'Estrées, le traitant avec rigueur, le rendit plus amoureux encore.

Quant à la pauvre Marie de Beauvilliers, elle sentit que le cœur d'un roi est un bien fragile, sur lequel il est sage de ne point compter.

Elle acquit cette triste connaissance que l'ingratitude est un vice inhérent à l'espèce humaine et, se retirant en silence d'un monde indigne de ses affections, elle rentra dans son abbaye, calme, résignée, l'âme ouverte aux consolations de la prière et à ce repos parfait qu'on ne trouve qu'au couvent.... quand il n'y a pas de mousquetaires dans les environs.

Comme il s'agit de notre vieux Montmartre, quelques détails sur la suite de l'existence de Marie de Beauvilliers ne seront pas superflus.

Henri IV, ce roi prodigue et libertin, que Voltaire n'a pas toujours peint sous les couleurs de la vérité, n'oublia pas entièrement la religieuse ingénue qui l'avait captivé.

On voit, en effet, qu'en 1598, elle prenait les titres d'abbesse, dame de Montmartre, des Porcherons et du Fort-aux-Dames.

Ces titres indiquaient-ils des bienfaits réels ? Sauval va résoudre la question.

« Le couvent ne fut guère mieux conservé que les religieuses ; et le roi, dit-on, se trouva si bien avec l'abbesse qu'autant de fois qu'il parlait de ce couvent, il l'appelait *mon monastère* et disait qu'il en avait été religieux.

Marie de Beauvilliers avait fait elle-même des confidences à Sauval, l'historien le plus indiscret du roi Henri.

Elle lui avait dit que son abbaye n'avait plus que deux mille livres de rente et qu'elle en devait dix

mille, quand elle en fut pourvue ; que le jardin était
en friche ; que les murs étaient tout lézardés ; que le
réfectoire avait été converti en bûcher, le cloître, le
dortoir et le chœur, en premenade.

Parmi les religieuses, peu chantaient l'office. Les
moins déréglées travaillaient pour vivre et mouraient
presque de faim.

Le jeunes faisaient les coquettes ; les vieilles
allaient garder les vaches et servaient de confidentes
aux jeunes.

Marie de Beauvilliers résolut de changer tout cela
et, puisqu'elle commit une faute, il est juste de dire
qu'elle la répara victorieusement.

Quand elle fut nommée, tout était saisi, jusqu'à la
crosse abbatiale.

Dans tout le couvent, on ne trouva même pas de
quoi meubler sa chambre.

Ce n'était pas là le plus grand désordre. Les religieuses vivaient dans une extrême licence. Les
hommes entraient librement chez elles et n'en sor-
taient que fort avant dans la nuit.

Marie de Beauvilliers entreprit de réformer ces abus
si grossiers ; mais elle vit aussitôt toutes les religieuses se soulever contre elle, comme autant de fu-
ries, et lui reprocher les premiers dérèglements de sa
jeunesse.

Ces reproches ne firent que l'exciter davantage
contre le mal que son exemple avait autorisé.

La fureur s'empara des religieuses et leur suggéra
le dessin de l'empoisonner.

N'ayant pu réussir après deux tentatives, elles résolurent d'employer le fer.

Marie n'eut pas manqué de devenir la victime de son zèle, si un de ceux qui étaient chargés de l'assassiner n'eût vendu le secret du complot.

Tous ces dangers ne purent ébranler son courage ; et sans avoir recours à la violence, son adresse secondée du crédit de M. Du Fresne, et de l'autorité du roi, rempli d'estime pour ses vertus, vint à bout d'établir sa réforme.

Pendant près de soixante ans qu'elle fut abbesse, elle eut la consolation de donner l'habit à deux cent vingt-sept filles, dont plus de cinquante sortirent dans la suite pour aller gouverner divers couvents de l'Ordre de Saint-Benoit.

C'est pendant que Marie de Beauvilliers était abbesse que la découverte d'une chapelle souterraine procura à ce couvent des ressources inespérées qu'elle sut employer à propos pour la réfection du monastère.

Ceci rappelle un peu l'histoire de la moderne basilique de Montmartre.

En 1611, le 13 juillet, comme on fouillait au-dessous de la chapelle du couvent pour continuer de nouveaux fondements, les maçons percèrent une voute sous laquelle ils trouvèrent un escalier en descente, droite large de plus de cinq pieds, et, au bout d'environ quarante degrés faits de vieille maçonnerie de plâtre, une immense cave dans laquelle était un autel.

La reine Marie de Médicis étant venue avec plusieurs dames d'honneur, on accourut de tout côté et le concours des visiteurs procura beaucoup d'argent pour le nouvel édifice.

De ces sommes l'abbesse fit agrandir son couvent, en sorte que la nouvelle église des Martyrs y fut enfermée.

La duchesse de Guise donna de quoi bâtir de grandes galeries, qui conduisaient les religieuses de l'abbaye jusqu'à l'église.

Ce qui fut fait en 1622. La même année, le 7 juin, l'archevêque de Paris, à la prière de l'abbesse, érigea cette église des martyrs en prieuré régulier.

Nous avons eu sous les yeux les écrits de quelques ecclésiastiques qui ont pris en main la cause de Marie de Beauvilliers et qui en font une véritable sainte.

Naturellement, ils refusent de croire aux amours de l'abbesse de Montmartre avec Henri IV.

M. de Lescure s'est rangé du côté de ces panégyristes. Il a voulu, sans doute, défendre la religion attaquée dans la personne d'une jeune novice qui, à l'aurore de sa vie, n'avait certainement pas songé à prendre le voile.

Ce qui est bien certain, et le témoignage de Sauval suffit à ce point de vue, c'est que Henri IV, flânant aux environs de son camp, avait rencontré un joli minois et qu'il prépara à la ravissante Marie de Beauvilliers une belle occasion de se repentir.

La religieuse déflorée expia sa faute par une longue vie de piété. Que veut-on de plus ?

III

TACTIQUE AMOUREUSE ET ROYALE

On peut bien dire de Henri IV qu'il passa sa vie à courir de maîtresse en maîtresse.

Après la mort de Henri III, assassiné à Saint-Cloud par Jacques Clément, le 2 août 1589, Henri de Navarre, devenu Henri IV, roi de France, aurait pu, s'il avait voulu, pousser sérieusement le siège de Paris, entrer dans la capitale de son royaume.

Mais, en ce moment, le Béarnais était à la fois l'amant heureux de Marie de Beauvilliers, fille du comte de Saint-Aignan, qu'il devait faire abbesse de Montmartre, et de Catherine de Verdun, religieuse de Longchamp, à qui il donna l'abbaye de Vernon.

Ce qui ne l'empêchait pas de courtiser la comtesse de la Roche-Guyon, marquise de Guercheville, et de la courtiser en pure perte.

La marquise de Guercheville est une des rares femmes qui eurent l'honneur de résister à notre héros.

C'est elle qui lui dit un jour : « Je suis trop pauvre pour être votre femme, et trop noble pour être votre maîtresse. »

Bref, encore trop occupé qu'il était de ses plaisirs, le Béarnais négligeait le soin de sa gloire.

Et les négligeait-il sciemment ? Il est permis d'en douter quand on réfléchit à la pénurie de ses ressources à cette époque. N'ayant la plupart du temps

pas le sou pour payer ses soldats, le pauvre roi était souvent embarrassé de les commander.

Or, quelques semaines seulement avant l'assassinat de Henri III, Henri IV, dont le dessein était de se retirer à Dieppe, visitant, en attendant, plusieurs villes aux environs de Paris, entre autres Mantes, fut ravi de trouver dans cette ville tant et tant de femmes jeunes et jolies, qui s'y étaient réfugiées de tous les points environnants, à l'abri de ses forteresses, qu'il y passa huit jours pleins à mugueter et à coqueter, absolument comme s'il n'eût eu que cela à faire.

Un soir, à son petit coucher, dans l'hôtel où il couchait à côté de l'église de Saint-Maclou, une vieille église gothique que le temps a effacée de ce monde, Henri s'entretenait avec quelques gentilshommes de sa suite, des charmes des dames de Mantes.

Il vantait les yeux de celle-ci, les cheveux de celle-là, la blancheur du teint ou la petitesse du pied de telle autre.

Et chacun de renchérir à l'envie sur ses louanges.

Un roi, qui n'est qu'à moitié roi, a déjà tout un cortège de flatteurs.

— Ah ! c'est égal, conclut-il d'un ton qui n'excluait pas la fatuité, certes, ces dames sont charmantes, mais pas une ne va à la cheville de Marie de Beauvilliers. J'ai dit pas une ! Elle a, à elle seule, tout ce que ces dames ont à elles toutes. Bref, Marie est un bijou, un bijou tel qu'il n'en est de pareil nulle part.

— Nulle part ! — répétèrent en chœur les courtisans.

Tous, excepté un qui se tut et hocha dédaigneusement la tête.

Il se nommait Roger de Bellegarde. Duc et pair, grand écuyer de France, comblé des faveurs de Henri III, cet astre couché, pour toujours, dans la tombe, Roger de Bellegarde était venu naturellement au soleil levant.

Le silence, ainsi que le sourire du grand écuyer, n'avait point échappé au Béarnais.

— Oh ! oh ! s'écria-t-il un peu froissé, tu n'es pas de cet avis, Bellegarde, que Madame de Beauvilliers est une des plus jolies femmes de France et de Navarre.

— Une des plus jolies, pardonnez-moi, Sire, je suis de cet avis. Mais ce n'est pas cela que vous avez dit tout à l'heure : vous avez dit qu'elle n'avait pas sa seconde.

— Eh bien !

— Eh bien ! telle n'est pas mon opinion, Sire.

— Tu connais une femme à comparer à Madame de Beauvilliers.

— Je fais mieux que de la connaître ; je l'aime et j'en suis aimé.

— En vérité ! Et le nom de cette merveille, s'il te plaît.

— Mademoiselle Gabrielle d'Estrées.

— Mademoiselle Gabrielle d'Estrées ! Et elle demeure, cette demoiselle ?

— Au château de son père, à Cœuvres.

— Ah ! Ah ! c'est loin d'ici, Cœuvres ?

— A sept lieues, Sire.

— Sept lieues ! Une bagatelle. Ventre Saint-Gris, tu piques ma curiosité, Bellegarde. La nuit est magnifique. Au lieu de dormir, si nous allions tous deux rendre visite à ta maîtresse ?...

Le grand écuyer s'inclina, tout prêt en apparence à satisfaire au désir du roi, au fond, se repentant fort de l'avoir provoqué.

Par bonheur, un gentilhomme présent émit cette objection qu'il y aurait imprudence au roi à faire sept lieues à travers un pays presque exclusivement occupé par l'ennemi.

La ligue avait deux garnisons entre Mantes et Cœuvres.

— Eh bien ! répondit Henri, puisque Bellegarde leur passe sous le nez, à ces deux garnisons, pourquoi serait-il moins favorisé en ma société ?

— Permettez, Sire, dit Bellegarde, se raccrochant comme on dit aux branches, — il y a déjà quelque temps que je ne me suis hasardé à me rendre à Cœuvres, et quand je l'ai fait, ça a été toujours bien accompagné.

— Bon, on nous accompagnera aussi, ventre saint-gris ! Ce ne sera pas bien difficile.

— Mais...

— Mais, après t'être avancé, tu recules maintenant, poltron, avoue-le.

— Oh ! Sire, pouvez-vous supposer ?

— Enfin, soit, nous n'irons pas cette nuit... nous dormirons... Mais je ne te tiens pas quitte, Belle-

garde ! Tant pis pour toi. Tu affirmes que la demoiselle d'Estrées est aussi belle que Marie de Beauvilliers. Je veux la voir et je la verrai. Et bientôt. Peut-
être demain.

Mais le lendemain, Henri IV fut appelé, par le soin
de quelques affaires à Senlis, où résidait Marie de
Beauvilliers.

Il passa là trois ou quatre joyeux jours, ensuite il
se rendit dans plusieurs villes qui le retinrent une
quinzaine.

Bellegarde respira : le roi ne songeait plus à Mademoiselle d'Estrées.

Hélas ! Bellegarde ne connaissait pas bien encore
son nouveau maître.

Henri n'oubliait que ce qu'il avait intérêt à oublier.

De retour à Mantes, un matin qu'il se disposait à
se mettre à table, le roi vit entrer son grand-écuyer
qui venait lui demander la permission de s'absenter
pour vingt-quatre heures.

La requête n'avait rien d'exorbitant, cependant,
elle parut étonner sa Majesté.

— Oh ! oh ! s'exclama-t-elle ! Vingt-quatre heures !
Et que diable veux-tu faire de ces vingt-quatre heures
Bellegarde ? Où veux-tu aller les passer ?

— Près d'une personne de mes amies que je n'ai
pas embrassée depuis longtemps, Sire.

— Ah ! Et y a-t-il indiscrétion à te demander le nom
de cette personne ?

— Point du tout, Sire.

— C'est que, tu conçois, il va m'en coûter d'être

privé de ta présence toute une journée et toute une soirée, mon cher Bellegarde. Nous disons donc que cette personne se nomme ?

Bellegarde, que le ton gouailleur du roi commençait d'impatienter, parce qu'il pressentait le résultat de cette gouaillerie, répondit sèchement :

— Mademoiselle Gabrielle d'Estrées.

— Gabrielle d'Estrées ! répéta Henri, insensible à l'humeur du duc. Eh ! n'est-ce pas cette demoiselle dont les attraits, d'après toi, surpassaient ceux de Marie de Beauvilliers ?

— En effet, Sire, je crois avoir dit...

— Tu crois ? Mais tu l'as affirmé, mon ami... Et si positivement que tu m'as donné l'envie de m'assurer de la valeur de ton affirmation. Tu ne te souviens plus de cela ?

— Si... il me semble...

— Oh ! c'est bien différent, Bellegarde ! Du moment qu'il s'agit d'aller présenter tes hommages à ta maîtresse, je ne te retiens pas. Il y a mieux : au lieu de vingt-quatre heures, je t'en accorderai quarante-huit.

Seulement, tu n'iras pas seul à Cœuvres ; je t'accompagnerai. Je veux décidément connaître cette fleur de beauté devant laquelle, à ton sens, toutes les autres doivent baisser pavillon. — Comment as-tu coutume de te rendre là-bas ? Avec deux ou trois hommes d'escorte ? Eh bien ! pour cette fois, tu en prendras six. Va commander qu'on selle nos chevaux : je mets les morceaux doubles, et nous partons.

Il n'y avait pas à dire : non. S'il lui arrivait fâcheuse aventure, Bellegarde ne pouvait s'en prendre qu'à lui-même. C'était un fou qui, par vanité, avait compromis ses propres amours.

— Ah ! s'écriait le grand-écuyer en se rendant aux écuries, s'il pouvait la trouver laide !

Vain espoir. Et c'est pourquoi Bellegarde, qui ne comprenait que trop l'inanité de son souhait, soupirait à pleins poumons en le formulant.

Un diamant est toujours un diamant. Il y a que les aveugles qui puissent nier son éclat.

Et, malheureusement pour le grand-écuyer, en ce cas, le Béarnais n'était pas aveugle.

Le château de Cœuvres où habitait Gabrielle, sous l'aile de son père le marquis d'Estrées, avec ses sœurs, s'élevait à trois lieues environ de Soissons.

Les bâtiments dont il se composait, et qui ont été détruits en 1793, entièrement construits sur un bras de l'Aisne, étaient joints au rivage par un pont de bois auquel venait se joindre, du côté du château, un petit pont-levis.

On arrivait au premier pont en traversant une cour assez vaste environnée de jardins et d'arbres fruitiers.

Deux tourelles protégeaient l'entrée ; deux autres étaient placées sur la face gauche.

Précédant de quelques minutes Henri IV et Bellegarde, qui franchirent sans encombre, en moins d'une heure et demie, les sept lieues qui séparent Mantes de Cœuvres, nous pénétrerons dans une des tourelles de face du château où nous trouverons Gabrielle en train de deviser avec deux de ses sœurs, Diane et Hippolyte.

Née en 1571, Gabrielle avait donc, en 1589, dix-huit ans. Voici le portrait que nous en a laissé Dreux du Radier :

« Gabrielle avait la plus belle tête du monde ; des cheveux blonds et en quantité ; des yeux bleus, d'un brillant à éblouir, un teint de la composition des Grâces, où les lys l'emportaient sur les roses, quand il n'était point animé par quelque sentiment *vif* ; le nez bien fait ; la bouche où l'enjouement et l'amour se reposaient, et parfaitement bien garnie ; le tour du visage que les peintres prennent pour modèle ; l'oreille petite et bien bordée ; la gorge, d'une beauté à faire oublier les autres ; la taille, les bras, la main, le pied, tout répondait à la tête et formait un ensemble qu'on n'admirait pas impunément. »

Sainte-Beuve en a fait un médaillon ravissant :

« Elle était blanche et blonde ; elle avait les cheveux blonds et d'or fin, relevés en masse et mi-crépés sur les bords ; le front beau ; l'*entr'œil*, comme on disait alors, large et noble ; le nez droit et régulier ; la bouche petite, souriante et pourprine ; la physionomie engageante et tendre ; un charme répandu sur les contours ; ses yeux étaient de couleur bleue, et d'un mouvement prompt, doux et clairs. Elle était complètement femme, dans ses goûts, ses aspirations, dans ses défauts mêmes. »

Et ses défauts étaient l'amour du luxe et des plaisirs.

Voluptueuse et coquette, telle fut Gabrielle. Belle avec cela. Elle était née pour être la maîtresse d'un roi.

En attendant, elle se faisait la main, ou plutôt le cœur, avec des gentilshommes.

Sans ajouter une foi complète à la chronique scandaleuse qui lui prête une demi-douzaine d'amants avant Henri IV nous sommes forcé de convenir pourtant qu'elle en eût au moins trois. C'est déjà raisonnable.

D'abord André de Brancas de Villars, qui tenait alors pour la Ligue et qui avait succédé à Bellegarde.

Puis, le duc de Longueville, qui venait de temps en temps lui rendre visite à Cœuvres et qui était bien près, à son tour de supplanter Bellegarde.

Dame ! aussi le grand-écuyer du Béarnais restait des semaines entières sans donner de ses nouvelles à sa maîtresse ! La plus vertueuse n'y eut pas résisté.

Au moment où nous pénétrons dans la salle de la tourelle où étaient rassemblées les trois sœurs, Gabrielle se plaignait justement de l'abandon dans lequel la laissait Bellegarde.

—Il n'est pas possible, disait-elle d'un petit ton plaintif, Roger a été tué dans quelque escarmouche.

—Allons donc, répliqua gaiement Hippolyte, qui était dame de Balagny, si M. de Bellegarde était mort, il te l'aurait fait savoir, ma chère. Est-ce qu'un galant qui se respecte quitte ce monde sans adresser un dernier adieu à sa belle ?

Diane d'Estrées, dame de Nau, s'écria :

— Eh bien ! je vais t'apprendre si tu le reverras bientôt ton grand écuyer.

La sœur de Gabrielle avait tiré d'un coffre un jeu de cartes aux figures représentées encore à la mode de Charles IX : les quatre valets de chasse, de noblesse, de cour et de pied, accompagnant les quatre rois, Auguste, Constantin, Salomon et Clovis.

Elle présenta ce jeu à Gabrielle.

— Prends une carte, dit-elle.

Gabrielle obéit en souriant, mais tout à coup :

— Oh ! j'en ai pris deux pour une, s'écria-t-elle !

— Bon, poursuivit Madame de Nau : les cartes ont toujours raison ! C'est qu'au lieu d'un, il va te tomber deux amoureux. Retourne ces cartes : *le valet de noblesse*, c'est-à-dire le grand écuyer, c'est bien cela ! Bellegarde est en chemin pour Cœuvres. —Et l'autre carte ? *Le roi Auguste* ! Un roi ! Un roi qui va t'adorer. Sa Majesté Henri IV peut-être. — Madame ma sœur, quand vous serez reine de France, vous nous protégerez, n'est-il pas vrai ?

En cet instant un bruit retentit au dehors, le bruit du pont-levis qui s'abaissait.

Gabrielle se précipita à une fenêtre.

— Bellegarde, s'exclama-t-elle, Bellegarde ! Mais il n'est pas seul. Voyez donc, Hippolyte, voyez-donc, Diane ! Quel est ce seigneur avec lui ?

— Mais c'est le roi, dit Madame de Balagny qui reconnut Henri IV pour l'avoir vu, l'année précédente, à Compiègne, où elle passait avec son mari.

— Le roi ! fit Gabrielle.

Et considérant le *valet de noblesse* et *Auguste* qu'elle tenait encore entre ses doigts, elle répéta, en même temps que ses deux sœurs :

— Le roi ! Ah ! par exemple, c'est étrange !

*
* *

Gabrielle, lors de cette première entrevue, accueillit Henri avec une certaine froideur.

Comparé à Bellegarde, un des plus beaux cavaliers de France, Henri IV ne brillait pas ; aussi, tout roi qu'il fût, encore une fois, Gabrielle s'occupa-t-elle fort peu de lui en cette première rencontre.

Mais si le roi ne plaisait pas à Gabrielle, Gabrielle plaisait au roi.

Infortuné Bellegarde ! Il en était réduit maintenant à regretter que la mariée fût trop belle.

Tout fier de la visite du roi, le marquis d'Estrées s'était mis en frais pour le fêter.

Une fête suivant les ressources du temps, c'est-à-dire assez piètre. Mais on fait ce qu'on peut.

Les meilleures bouteilles de la cave du châtelain de Cœuvres furent débouchées en l'honneur de son hôte royal.

Henri buvait sec d'ordinaire : en cette occasion il se ménagea.

Bellegarde avait espéré le contraire.

Il avait compté sur la sieste habituelle de Sa Majesté, à l'issue d'un confortable repas, pour jouir de quelques heures de liberté avec sa maîtresse dont les yeux étincelants attestaient qu'elle n'était pas moins désireuse d'un entretien sans témoins.

Après le souper, Gabrielle, feignant une migraine violente, demanda à se retirer dans sa chambre, et le roi lui en donna très gracieusement licence en disant :

— Allez, Mademoiselle : nous serions désolé qu'à cause de nous un vilain mal torturât une tête si charmante.

Mais, quelques instants plus tard, quand le grand écuyer, se plaignant à son tour d'un malaise subit, sollicita la permission de quitter la table :

— Là, là, dit le roi, nous la quitterons ensemble, mon ami ! Si tu es souffrant, bois. Rien de tel que quelques bons coups de vin de Bourgogne pour vous remettre. Et celui de notre cher marquis est délicieux. Ventre-saint-gris, buvons et trinquons !

Bellegarde but, Bellegarde trinqua comme quatre.

— Quand les bouteilles seront vides, il faudra pourtant qu'on se couche ! pensait-il.

Mais les bouteilles vidées, ce fut une autre guitare.

Le marquis d'Estrées avait ordonné qu'on préparât deux des plus belles chambres de son manoir pour le roi et le grand écuyer. En face l'une de l'autre.

Lui-même, suivi de domestiques portant des flambeaux, s'était fait un devoir de les y conduire.

Les compliments d'usage terminés, le marquis

avait pris congé ; Henri était dans sa chambre, Bellegarde dans la sienne.

— Enfin, grommelait le duc, enfin !

Par prudence, néanmoins, il attendit qu'une vingtaine de minutes fussent écoulées pour rejoindre sa belle, très étonnée sans doute de son retard.

Allons ! le roi devait être au lit...

Débarrassé de son épée, arme inutile pour l'expédition qu'il allait faire, Bellegarde, toute lumière soufflée dans sa chambre, ouvrit doucement sa porte...

— Tiens ! où vas-tu donc, Bellegarde !

Le roi, le roi qui se promenait dans le corridor, une bougie à la main.

— Sire !...

— Est-ce que tu es toujours malade ?

— Non, Sire...

— Tant mieux, tant mieux, parce que...

— Entre donc une seconde chez moi, que je te conte cela...

Henri poussait Bellegarde devant lui. Assis à ces côtés, il reprit, en baissant la voix :

— Je parierais que tu as eu la même idée que moi, Bellegarde, et que c'est pour me la communiquer que tu sortais.

— Quelle idée. Sire ?

— Eh ! qu'il y a sottise de ma part à m'être confié aussi bénévolement à l'hospitalité d'un gentilhomme... que je connais fort peu... et, pour ainsi dire, pas du tout. Car je ne le connais pas, ce marquis d'Estrées, tout gouverneur de l'île de France qu'il soit du fait de mon prédécesseur. — Voyons, supposons que depuis mon arrivée au château, le marquis ait envoyé prévenir quelque parti ennemi dans les environs. La belle figure que nous ferions, toi et moi, contre quatre ou cinq cents ligueurs.

M. d'Estrées n'a pas la mine d'un traître, j'y conviens, mais, en ce temps d'agitation, où est l'honnête homme, où est le coquin ? Eh ! Eh ! c'est que ma capture serait payée cher aujourd'hui, par M. de Mayenne et par les Espagnols. Enfin, je te sais gré de t'être inquiété de tout cela, comme moi, mon ami. Nous nous abusons peut-être. M. d'Estrées est peut-être la fleur des pois de l'honneur. N'importe ! Nous quitterons ce château demain, dans la matinée, et toute cette nuit, nous la passerons ensemble, aux aguets. Ventre-saint-gris ! il faudra d'abord qu'on brise cette porte pour pénétrer jusqu'à nous.

Henri s'était levé pour fermer à double tour la porte de la chambre dont il mit solennellement la clef dans sa poche.

Bellegarde le regardait, ahuri, si fort ahuri et si comique dans son ahurissement que, ma foi, le sérieux du roi n'y tint plus ; malgré lui, un sourire railleur plissa ses lèvres.

Ce sourire fut une révélation pour le grand écuyer.

— En vérité, sire, dit-il d'un ton amer, vous n'êtes pas généreux !

— Comment, qu'entends-tu par là, Bellegarde ?

— En vous jouant de moi, comme vous le faites à cette heure, sire. Vous, suspecter l'hospitalité du marquis d'Estrées ! Vous, craindre une trahison dans le château d'un de vos plus fidèles partisans ! La ruse pour me retenir près de vous est trop grossière. Pourquoi ne m'avoir pas dit tout de suite que, maintenant que vous connaissez Mademoiselle d'Estrées, il vous chagrine que je l'aime... et que j'en sois aimé ?

— Hein ! tu penserais.... Oh ! mon bon Bellegarde, je te jure...

— Epargnez-vous des serments inutiles, de grâce, Sire. C'est ma faute, d'ailleurs, et je suis puni par où j'ai péché. En vous vantant la beauté de Mademoiselle d'Estrées, je devais prévoir ce qui arrive. Cependant, comme vous n'êtes pas seulement mon rival, mais mon maître, l'obéissance du serviteur saura, comme c'est son devoir en pareille occurrence, imposer silence à la douleur de l'amant. Dormez en paix, Sire, la litanie de mes respectueux reproches est terminée, et si je déplore malgré moi un bonheur perdu, j'aurai soin que le bruit de mes soupirs ne trouble pas votre repos.

La tête basse, les sourcils froncés, Henri se promenait de long en large dans la chambre tandis que le duc de Bellegarde s'exprimait de la sorte.

Au fond, le Béarnais reconnaissait que son grand écuyer n'avait pas tort, et que sa conduite à son égard n'était rien moins que louable.

Aux derniers mots même de l'amant de Gabrielle, prononcés d'une voix altérée, on eût pu croire que, honteux de son action, Henri allait la réparer.

Il regarda en dessous le duc qui avait caché son visage dans ses mains et fit un mouvement comme pour s'élancer vers la porte.

Mais Henri IV ne souffrait pas, en amour, la contradiction.

Il était épris de Gabrielle, d'autant plus que Gabrielle était éprise d'un autre. Le bien d'autrui, c'est si tentant !

Près de céder à une bonne inspiration, Henri s'arrêta. Il se représenta Bellegarde, courant rattraper le temps perdu dans les bras de la belle.

Il vit cette ravissante fille qui n'avait pour lui qu'indifférence prodiguant les plus ardents baisers à l'objet de sa tendresse...

Le tableau était trop cruel pour un homme chez lequel les sens, l'imagination parlait encore plus haut que le cœur.

— Non, murmura-t-il, non ! c'est impossible !

Et il se jeta au lit où il ne tarda pas à s'endormir.

Quelles furent les réflexions de Bellegarde pendant le sommeil de son maître ? Elles ne sont pas parvenues jusqu'à nous, mais nous croyons pouvoir affirmer qu'elles n'avaient rien de flatteur pour celui qui les inspirait.

Au jour, Sa Majesté se réveilla et commanda qu'on disposât tout pour le départ.

Bellegarde était toujours assis à la même place dans la chambre d'Henri, paraissant attendre que ce dernier l'autorisât à bouger.

Tant de résignation émut le roi. Et puis, en ce moment, il n'avait plus à craindre un rapprochement entre Bellegarde et Gabrielle d'Estrées.

— Tu m'en veux, lui dit-il en lui frappant sur l'épaule ?

Et comme le grand écuyer ne répondait pas, ce qui était répondre :

— Allons, ventre saint-gris, reprit le Béarnais, il t'est donc bien difficile de me faire un petit sacrifice ? Je te revaudrai cela, je te le promets !

— J'en suis si convaincu, répondit gravement le grand écuyer, que votre Majesté peut voir que je ne fais rien pour atténuer l'effet de... mon petit sacrifice. Mademoiselle d'Estrées doit me haïr maintenant, et cependant je n'aurai garde d'essayer de lui apprendre que je ne mérite pas sa haine.

— Oui, oui, tu te comportes très vaillamment, je te rends cette justice. Aussi, je te le répète, lorsque je serai au Louvre, tu verras quelle part notre cher de Bellegarde aura au gâteau royal.

— Parbleu ! pensa le grand écuyer, s'il n'y avait pas ce gâteau en expectative, je ne t'abandonnerais pas ma maîtresse, ô roi libertin !

Le marquis d'Estrées entra.

— Votre Majesté s'éloigne déjà ?

— Oui, marquis : des affaires urgentes... Mais nous entendons que vous nous rendiez notre visite, à Mantes.

— S'il est agréable à Votre Majesté.

— Vous viendrez avec Mademoiselle Gabrielle, n'est-ce pas ? Ses attraits nous ont tout particulièrement séduit.

L'ABBAYE DE
MONTMARTRE

— Il sera fait suivant le désir de Votre Majesté.

— Très bien ! Il y a noble réunion de dames, à Mantes : Mademoiselle Gabrielle ne s'y ennuiera pas.

Instruites du départ du roi et de son grand écuyer, Gabrielle et ses deux sœurs, réunies dans la chambre du château, attendaient le moment de recevoir les adieux. Gabrielle, furieuse d'une déception à laquelle elle n'était pas accoutumée, toute pâle des suites d'une nuit solitaire d'insomnie ; Madame de Balagny et Madame de Nau, souriantes.

Poursuivant jusqu'au bout sa tache [d'immolation, Bellegarde n'échangea pas une parole, pas même un regard avec Gabrielle.

Un excès d'héroïsme qui avait son but peut-être et qui l'atteignit.

Gabrielle présumait que Bellegarde s'excuserait tant bien que mal près d'elle, avant de partir, d'avoir laissé, sans la saisir, sonner l'heure du berger.

Le silence affecté des yeux et des lèvres de son amant commença de donner à penser à la jeune fille.

La manière dont Henri IV lui dit, en lui baissant la main :

— A bientôt, Mademoiselle ; car, vous le savez, c'est décidé : Monsieur le marquis vous amène ces jours-ci à Mantes.

L'accent, le regard du roi, en proférant ces mots, éclairèrent Gabrielle.

C'était le roi qui avait empêché Bellegarde de venir la trouver pendant la nuit.

— Ah ! C'est ainsi, se dit-elle, en répondant par une

révérence cérémonieuse aux paroles courtoises du Béarnais, tu es amoureux de moi et, comme première marque de ta passion, tu me sépares d'un amant que j'aime. Eh bien ! s'il faut que je sois à toi, roi Henri, ce ne sera pas demain.

Lisez vingt romans, assistez à vingt drames qui traitent des amours de Henri IV et de Gabrielle d'Estrées, vous y verrez que, comme toutes les grandes amours, ces amours naquirent de la rencontre des deux personnages.

Or, la vérité est que Henri IV roucoula quinze grands mois autour des jupons de Mademoiselle d'Estrées avant de pouvoir se vanter d'être admis seulement à dénouer ses jarretières.

Il y eut pour cela plusieurs motifs. On les connaîtra bientôt.

IV

LE ROMAN DE GABRIELLE D'ESTRÉES

Tout d'abord, le roi ne réussit pas auprès de Gabrielle d'Estrées pour trois motifs :

Le premier, c'est que Gabrielle n'aimait pas Henri ; le second, c'est qu'éloigné de sa belle par les vicissitudes de la guerre, le Béarnais, quelque dépit qu'il en eût, était bien forcé de mettre l'étouffoir sur sa flamme.

Le troisième, ah ! le troisième, comment vous l'expliquer ?

Bassompierre ne se gêne pas, lui, pour l'inscrire tout au long dans ses *Memoires*, mais Bassompierre, comme Brantôme, comme L'Estoille, a des tournures de phrases qui, toutes simples et familières, feraient aujourd'hui dresser les cheveux du lecteur le moins prompt à s'effaroucher.

Essayons de tourner la difficulté. Il serait prouvé que, toujours volage, un vice d'organisation, même en courtisant Gabrielle, Henri IV continuait de présenter ses hommages à d'anciennes maitresses.

Il paraîtrait que l'une d'elles, toute religieuse qu'elle fût, l'abbesse de Vernon, avait laissé au roi des souvenirs cuisants.

Et, pour quelques mois, elle aurait imposé à Henri IV un de ces terribles *souvenez-vous de moi* aux conséquences de l'un desquels, moins heureux que le Vert-galant, le roi-chevalier, François Ier, succomba.

Ce qu'il y a de positif, c'est qu'à Mantes, où elle séjourna quinze mois, tandis que le roi de Navarre, pelotant en attendant partie, prenait le plus qu'il lui était possible de petites et de grandes villes de France pour se consoler de ne pas prendre encore Paris, ce qu'il y a de positif, c'est que Gabrielle renoua ses relations avec Bellegarde, qui fit mine de s'en défendre, par condescendance pour le roi, mais qui finit par céder.

Bien mieux, c'est que Mademoiselle d'Estrées

paracheva à Mantes une liaison ébauchée à Cœuvres.

Nous voulons parler du duc de Longueville.

C'était un très beau cavalier, comme Bellegarde, que ce duc de Longueville que l'on a bien à tort accusé Gabrielle d'avoir fait traîtreusement occire pour le punir de ne pas lui avoir rendu, comme elle l'en priait, sa correspondance.

Premièrement, ce n'est pas le duc de Longueville qui fut tué, à Dourlans, c'est André de Brancas de Villars, un ancien amant de Gabrielle.

Secondement, Gabrielle ne fut pour rien dans ce meurtre.

Sans s'inquiéter du roi, la future favorite faisait donc deux heureux en même temps, Bellegarde et Longueville.

Elle était de force à en faire trois ; elle tenait de sa mère : les labeurs d'amour ne l'effrayaient pas.

Le retour de Henri IV dans sa petite capitale comme il appelait Mantes, mit ordre à cette liaison en partie double.

Mandés séparément, près de Sa Majesté, Longueville et Bellegarde furent admonestés d'importance. A chacun de ces messieurs, Henri signifia que son intention bien arrêtée était de ne souffrir aucun partage et « que sa passion lui était plus chère que toutes les couronnes du monde. »

Plus ambitieux qu'amoureux, Longueville, qui ne se souciait pas d'acheter une heure de plaisir au prix d'une vie de disgrâce, rompit immédiatement avec Mademoiselle d'Estrées.

Mais Bellegarde, qui avait pris goût à un bonheur sur lequel il avait, d'ailleurs des droits de priorité, Bellegarde, tout en feignant de souscrire à l'ultimatum du roi, se révolta contre son despotisme.

Il écrivit à Gabrielle une lettre désolée dans laquelle il lui disait qu'il ne la verrait plus, puisque sa Majesté le lui commandait, mais que certainement il en mourrait.

Après avoir lu cette lettre, Gabrielle ne garda plus aucun ménagement.

Et comme le roi étant venu lui rendre visite, elle lui dit :

— Sire, j'entends et je prétends ne pas être contrariée dans mes inclinations. J'aime M. de Bellegarde ; mes parents approuvaient sa recherche ; il devait me nommer son épouse, au premier jour. Votre puissance ne vous autorise pas à désunir deux êtres liés par la conformité de sentiments et, si vous vous imaginez conquérir mon cœur par votre barbarie, vous vous trompez du tout au tout. Au lieu d'amour, c'est le mépris, c'est la haine que vous excitez en moi contre vous.

— Mais, s'exclama Henri IV, abasourdi sous cette avalanche de gros mots, si vous aimez tant M. de Bellegarde, Mademoiselle, pourquoi donc le trahir pour M. de Longueville ?

— Moi, trahir M. de Bellegarde pour M. de Longueville ! Quelle horreur ! Qui vous a dit ce mensonge, Sire ?

— Mais tout le monde, à Mantes... et M. de Longueville lui-même, quand je lui ai parlé à ce sujet, n'a pas nié...

— M. de Longueville est un imposteur... et vous êtes un méchant ! Et je ne veux plus vous voir, et je ne vous verrai plus. Ah ! je vous apprendrai à m'enlever mon amant. Adieu !

Gabrielle avait couru s'enfermer dans son oratoire dont, malgré toutes les supplications du roi, elle ne voulut plus sortir.

Le lendemain, ce fut bien autre chose.

Le lendemain, vers midi, espérant la trouver plus calme, Henri s'était rendu chez la jeune fille. Que devint-il en apprenant qu'elle était partie !

Oui, partie, partie pour Cœuvres, en compagnie de deux domestiques ; partie, sans avoir pris congé de son père, non plus que de son roi.

Ce pauvre marquis d'Estrées était navré de l'impertinente conduite de sa fille envers Sa Majesté.

Henri ne fit ni une ni deux. Un voyage à Cœuvres en ce moment était plus dangereux encore que l'année précédente ; sans se préoccuper du danger, sans s'ouvrir non plus à qui que ce fût d'un projet dont tout le monde eût essayé de le dissuader, l'amoureux monarque monta à cheval avec quelques officiers de confiance et se mit en route.

Arrivé à trois lieues de la maison de sa maîtresse, il renvoya son escorte, mit pied à terre, s'habilla en paysan, se chargea d'un sac plein de paille et acheva sa course à pied avec son sac sur le dos,

M. de Lescure nous raconte que ce bizarre voyage lui réussit fort mal.

Mademoiselle d'Estrées était avec Madame de Balagny, sa sœur, à la fenêtre d'une galerie d'où l'on découvrait toute la campagne ; elle vit venir ce paysan et comme elle ne s'attendait pas à une aventure si extraordinaire, elle le prit effectivement pour ce qu'il paraissait.

Le roi ne fut pas plutôt entré dans la cour du château que, sans rien dire à personne, il monta dans la galerie où il avait aperçu sa maîtresse.

Il ne faut pas demander si Mademoiselle d'Estrées fut surprise à l'aspect du roi dans un équipage si peu conforme à sa dignité ; et, au lieu de lui tenir compte de ce qu'il avait hasardé pour elle, elle alla jusqu'à lui déclarer qu'il était si laid qu'elle ne pouvait même pas le regarder.

L'absence du roi avait mis tout le monde en peine à Mantes.

On ignorait ce qu'il était devenu et, quand on aurait publié son aventure, personne n'aurait voulu y croire.

Bientôt après, Gabrielle d'Estrées ayant réfléchi probablement qu'elle avait plus à perdre qu'à gagner même pour ses chères amours, en continuant de tenir la dragée haute au roi, revint à Mantes où elle daigna enfin s'apprivoiser.

*
* *

Cependant, le vieil Antoine d'Estrées, le seul de la famille qui eût des sentiments d'honneur se sentait embarrassé des bienfaits que lui accordait Henri depuis que sa fille s'était donnée sans réserve à son royal amoureux.

Pour se délivrer d'une surveillance difficile qui le mettait constamment entre son intérêt et son devoir, et ne lui laissait d'autre alternative que de paraître un père complaisant ou un courtisan maladroit, le marquis résolut de marier Gabrielle.

Il jeta les yeux, à cette intention, sur Nicolas d'Amerval, seigneur de Liancourt, un choix intelligent car le seigneur de Liancourt était riche et bien né, mais bossu, à faire peur, et, contre l'ordinaire des bossus, bête à manger du foin.

Semblable union ne pouvait épouvanter le roi.

A vrai dire, néanmoins, nous avouons ne pas trop comprendre la pensée du roi quand il se prêtait à ce mariage, si ce n'est, d'abord, par secrète malice, pour se venger des dédains récents de Gabrielle et, plus tard, pour se ménager sa reconnaissance en la séparant de son époux.

Quoiqu'il en soit, Gabrielle jeta les hauts cris à l'idée de devenir Madame de Liancourt.

Vainement le roi lui jurait, en riant, qu'elle n'avait rien à craindre.

Gabrielle se lamentait et versait des torrents de larmes.

Le mariage devait avoir lieu à Mantes. Le jour arriva, malgré toutes les répugnances de la mariée.

Quelques instants avant de se rendre à l'église, le matin, Gabrielle avait reçu en secret ce billet signé de son royal amant :

« Ne t'inquiète pas, mon cœur, lui écrivait Henri ; ce soir, vers huit heures au plus tard, tu me verras arriver ! Je ne t'en mande pas davantage, car j'ai des tracas ici par dessus la tête ; mais aie confiance ; tu es bien persuadée, n'est-ce pas, que nous tenons plus encore que toi à ce que le sieur de Liancourt n'effleure pas de ses vilaines lèvres une coupe divine qui est nôtre. »

A huit heures du soir, il arriverait, écrivait le roi ; et à dix heures, à onze heures, il n'était pas arrivé.

A minuit, quand on abordait la question du coucher de la mariée, Sa Majesté brillait toujours par son absence !

Cependant, ce brigand de Liancourt faisait des yeux à sa femme ! Quels yeux ! Elle en frémissait.

Etait-il possible qu'un si petit homme eût tant de flamme au service de sa prunelle ? Où la prenait-il cette flamme. Dans sa bosse ? Oh ! sa bosse !

Un redoublement de frissons agitait Gabriélle à la pensée seule de se reposer sous le même drap que cette bosse.

Allons ! puisque son protecteur l'abandonnait, Gabrielle s'en tirerait donc toute seule !

Elle ne s'en tira pas mal, non plus, et cela pendant trois nuits de suite.

Car elle s'était mariée le jeudi et ce ne fut que le

dimanche dans la journée que Henri IV lui vint en aide.

La première nuit, quand il entra dans la chambre nuptiale, le seigneur de Liancourt trouva la dame de Liancourt assise, ses deux femmes de chambre à ses côtés. Elle lui dit :

— Monsieur, je suis extraordinairement malade de grandes douleurs d'estomac qui viennent de me prendre.

— Cela se passera !...

— Je l'espère, Monsieur, cela se passera avec du repos, et c'est pourquoi je vous prie d'avoir la bonté de me laisser dormir.

Le bossu fit une mine d'une aune.

— Hum ! hum ! fit-il, c'est bien contrariant.

— Qu'est-ce qui est contrariant ? Que je souffre ?

— D'abord, oui... Ensuite, vous êtes si jolie, Gabrielle.

Il se pencha pour l'embrasser.

— Oh ! monsieur, fit-elle en le repoussant.

— Quoi donc ?

Elle lui montrait les deux caméristes. Il se redressa autant qu'il pouvait se redresser.

— Enfin, reprit-il avec un soupir, je m'éloigne, puisqu'il le faut. Mais vous me promettez que dans le cas où votre malaise passerait, vous me feriez appeler ?

— Je vous le promets.

— Vous comprenez... quand on s'est promis une amoureuse nuit, c'est fort désagréable...

— Aïe ! aïe ! interrompit Gabrielle, une crampe !

De l'eau sucrée bien vite ! Alison, Farette, délacez-moi !

— Je vais vous délacer, moi, dit Liancourt.

— Non ! pas vous, Monsieur ! Pas vous ! Allez-vous en... Je suis plus malade depuis que vous êtes là...

— Cependant...

— Oh ! allez-vous en, Monsieur, au nom du ciel. Est-il permis de tourmenter ainsi une pauvre femme ?

Gabrielle pleurait... Gabrielle trépignait.

Le bossu se sauva.

Derrière lui Alison et Farette poussèrent les verrous.

Cinq minutes après Gabrielle était couchée et s'endormait tranquillement.

Voilà pour la première nuit.

Le lendemain, comme le jour de ses noces, le seigneur de Liancourt avait donc nombreuse société d'amis et de parents, à son logis.

On festina largement, du matin au soir ; on chanta, on dansa...

Toute la journée, la belle Gabrielle fut d'une humeur ravissante.

— Et vos crampes d'estomac, chère amie, lui disait de temps en temps tout bas son mari, c'est fini, n'est-ce pas ?

— Oh ! c'est fini, Monsieur !

— Bien fini ?

— Absolument.

— Bon ! Ah ! je suis bien content, bien content !

Et le bossu de se frotter les mains. La nuit à venir le dédommagerait de la nuit passée !

Cependant, l'heure de la retraite sonna pour les convives.

Comme la veille, Gabrielle gagna, la première, la chambre nuptiale.

Dix minutes plus tard. M. de Liancourt s'introduisait sur la plante du pied, dans cette chambre où régnait un silence du meilleur augure.

Hein ! qu'est-ce que cela, encore ? Gabrielle n'était pas seule ! Avec elle, indépendamment de ses caméristes, il y avait une de ses amies, Mademoiselle Edmée de Boislaurier, une petite brunette fort gentille, mais que notre époux trouva à ce moment fort laide.

Mademoiselle Edmée de Boislaurier reposait, étendue, sur le lit. Elle avait les yeux fermés.

— Qu'y a-t-il ? interrogea Liancourt, effaré.

— Chut ! dit Gabrielle : elle dort.

— Elle dort ? Et pourquoi dort-elle ?

— Mais c'est bien simple, Monsieur, et je m'étonne de votre surprise. Ma pauvre petite Edmée s'est sentie indisposée. Impossible de la conduire chez elle : je lui ai offert l'hospitalité.

— L'hospitalité ! Mais Madame, si Mademoiselle de Boislaurier est incommodée, il y a d'autres chambres que la vôtre, dans la maison, pour la coucher !...

— Oh ! monsieur, aurais-je le cœur assez dur pour laisser cette chère enfant seule, en cet état ?

— Puisqu'elle dort !

— Elle dort, mais elle peut se réveiller, et alors, c'est une crise de nerfs dont elle souffre, il faut la calmer, la soigner...

Le bossu fronça les sourcils.

— Madame, dit-il, hier vous aviez mal à l'estomac ; ce soir, c'est une de vos amies qui a mal aux nerfs : il n'y a plus de raisons pour que cela finisse. S'il vous a convenu de disposer de votre appartement en faveur de Mademoiselle de Boislaurier, il ne me convient pas, à moi, de vous avoir épousée pour des prunes. Je vous inviterai donc à me suivre chez moi : vos femmes sont bonnes pour soigner cette demoiselle.

— Monsieur, répliqua froidement Gabrielle, je ne sais ce que vous entendez par cette expression *pour des prunes*, mais je vous déclare que, pour quoi que ce soit, que vous m'ayez épousée, je ne vous suivrai pas chez vous en abandonnant à des soins mercenaires une personne qui s'est confiée à ma sollicitude. Faites-moi donc le plaisir de vous retirer, ou, aussi vrai que vous êtes vieux et que je suis jeune, que vous êtes laid et que je suis jolie, que vous êtes chétif et que nous sommes fortes, mes femmes et moi, — et Mlle de Boislaurier nous prêtera assistance, au besoin, nous vous jetterons à la porte par les épaules, si toutefois on peut appeler des épaules ce que vous avez sur le dos.

Gabrielle n'avait pas achevé ce petit discours que Mlle de Boislaurier, renonçant à son rôle de malade, bondissait à bas du lit.

Le seigneur de Liancourt pâlit de rage.

— Ah ! c'est ainsi, Madame, s'exclama-t-il ! Vous vous démasquez. Vous êtes ma femme et vous refusez de l'être ! Eh bien ! soit ! Pour cette nuit encore, je n'userai pas de mon autorité. Pour cette nuit je vous laisserai encore le champ libre, mais nous verrons demain, Madame, demain !

— Demain il en sera encore comme cette nuit, Monsieur, et comme la nuit précédente. Oui, je me démasque. On m'a contrainte à vous épouser, mais je ne vous aime pas. Est-ce qu'on peut aimer un homme de votre espèce ? et aucune puissance humaine ne m'obligera à vous appartenir. Sur ce, bien le bonsoir ! Allez, si cela vous amuse, aviser aux moyens de me soumettre demain !

Le lendemain, au point du jour, M. de Liancourt était chez le marquis d'Estrées, à qui il racontait le double affront qu'il avait essuyé.

— Que voulez-vous que j'y fasse ? répartit le vieillard, est-ce ma faute si ma fille est trop vertueuse ?

— Ah ! trop vertueuse ?

Le marquis marcha, menaçant, sur le bossu.

— Prétendriez-vous suspecter l'honneur de celle qui porte votre nom, gronda-t-il ?

Le petit bout d'homme se recroquevilla, tout tremblant, sur lui-même.

— Au moins, donnez-moi un conseil, monsieur mon beau-père !

— Je n'ai pas de conseil à vous donner. Je vous ai

donné une femme : c'est déjà trop, si vous n'êtes pas capable de la faire obéir.

— Oh ! quand elle aurait cent mille personnes avec elle, la nuit prochaine, et dans sa chambre, se dit Liancourt en s'en retournant à son hôtel, elle sera à moi ou j'y perdrai... ma bosse.

Il ne se trouva pas cent mille personnes, la nuit qui suivit, dans la chambre de sa maîtresse. Il ne s'en trouva pas une, sa femme comprise.

Après souper, Gabrielle s'était esquivée rapidement de l'hôtel conjugal pour se réfugier en ville chez Mlle de Boislaurier.

Un prêté pour un rendu.

La veille, elle avait donné l'hospitalité à son amie ; cette fois, c'était son amie qui l'abritait.

L'infortuné mari en fut encore pour ses désirs et pour sa colère.

Cependant, si elle avait réussi trois nuits de suite à se soustraire à ses devoirs d'épouse, Gabrielle n'était pas sans inquiétude sur l'avenir quand, heureusement, le roi se décida à donner signe de vie.

Vers le milieu du quatrième jour, un messager se présenta à Mantes, porteur d'un ordre qui enjoignait à M. de Liancourt de partir immédiatement avec sa femme pour Chauny, où l'attendait Sa Majesté.

Le bossu, après quelques réflexions faites sur ses répugnances invincibles, sur l'inutilité, le danger même de la résistance, sembla s'être résigné à n'avoir que l'honneur de ses efforts et à ne profiter de sa femme que pour sa fortune. Il obéit. Accordons-lui cette circonstance atténuante, que ce ne fut qu'en rechignant.

Il trouva le roi prêt à monter à cheval pour aller assiéger Chartres, en février 1591.

Henri congédia le mari, tout penaud d'avoir tiré pour un autre les marrons du feu, et garda la femme qu'il emmena à sa suite, avec la marquise de Villars, sa sœur, et une demoiselle de la Bourdaisière, sa cousine.

Peu de temps après, la situation du seigneur de Liancourt fut régularisée et le mariage fut rompu pour cause *d'impuissance et de non-consommation*.

Le seigneur de Liancourt eut beau dire que ce n'était pas sa faute, parler des nombreux enfants qu'il avait eus avant son mariage... Raisons de plus pour n'en pouvoir rien faire. On ne l'écouta pas.

* *
*

Quelle nécessité pour Henri d'exposer une maîtresse bien-aimée aux entreprises, protégées par le sacrement, d'un époux ridicule ?

Gabrielle fut de notre avis, sans doute. Elle garda rancune au roi de la mauvaise plaisanterie qu'il lui avait jouée en l'unissant au bossu Liancourt et, ce qui le prouverait, c'est la reprise de sa liaison avec Bellegarde.

Les anecdotes pleuvaient à ce sujet.

Gabrielle continuait donc à aimer Bellegarde, ce dont le roi avait quelque soupçon ; mais à la moindre

caresse qu'elle lui faisait, le grand-écuyer condamnait ses pensées comme criminelles et s'en repentait.

Il arriva un petit accident qui faillit lui en apprendre davantage.

Le roi était en une de ses maisons, à Villers-Cotterets, pour quelque entreprise qu'il avait de ce côté-là, et, étant allé à trois ou quatre lieues, à cet effet, Gabrielle était demeurée au lit en disant qu'elle se trouvait indisposée, et Bellegarde avait fait semblant d'aller à Compiègne, qui n'était pas très éloigné.

Sitôt que le roi fut parti, sa confidente secrète, en qui elle avait une entière confiance, fit entrer Bellegarde dans un petit cabinet, dont elle seule avait la clef, et lorsque Gabrielle se fut débarrassée de tous ceux qui la gênaient, son amant fut introduit.

Henri, qui n'avait pas trouvé ce qu'il était allé chercher, revint plutôt qu'on ne croyait et pensa rencontrer ce qu'il ne cherchait pas.

Tout ce que put faire Bellegarde, c'est d'entrer dans le cabinet de la Rousse, — c'est ainsi que Sully appelle la confidente, — cabinet dont la porte se trouvait au chevet du lit de Gabrielle, et où il y avait une fenêtre qui avait vue sur le jardin.

Le roi ne fut pas plutôt entré qu'il demanda la Rousse pour avoir des confitures et que, si on ne la trouvait pas, on amenât quelqu'un pour ouvrir la porte ou pour l'enfoncer.

Dieu sait en quelles alarmes étaient ces deux personnes, si près d'être découvertes !

Gabrielle, voyant que le roi donnait des coups à la porte, feignait que ce bruit l'incommodait fort ; mais le roi était sourd ou simulait de l'être et continuait son tapage.

Bellegarde, voyant qu'il n'y avait point d'autre remède, se jeta dans le jardin et fut si heureux que, bien que la fenêtre fût assez haute, il ne se fit aucun mal.

La Rousse, qui s'était cachée pour ne pas ouvrir la porte, entra aussitôt après, bien échauffée, s'excusant sur ce qu'elle ne pensait pas qu'on eût affaire à elle, et alla quérir ce que le roi avait si impatiemment demandé.

Gabrielle, voyant qu'elle n'était pas découverte, reprocha à Henri sa jalousie.

— Je vois bien, dit-elle, que vous voulez me traiter comme les autres que vous avez aimées, et que votre humeur changeante veut chercher quelque sujet de rompre avec moi, qui vous préviendrai, s'il le faut. La confiance doit être réciproque en amour, et puisque vous ne m'aimez pas assez pour être assuré de ma fidélité, je dois être au moins assez généreuse pour mettre votre esprit en repos par une prompte retraite.

— Que vous me faites d'injustice, ma chère enfant ! répondit le roi. Ne savez-vous pas qu'un peu de jalousie est la marque assurée de l'amour le plus assuré et le plus violent ? Si je vous estimais et aimais un peu moins, je n'aurais pas tant la peur de vous perdre. Mais enfin, puisque mon procédé vous offense, je vous promets de n'être plus jaloux et j'implore ma grâce à vos pieds.

— On est bien faible quand on aime, répondit Gabrielle. Ah ! faut-il que les mouvements de mon cœur vous soient favorables ! Vous méritez tout mon ressentiment, et je n'en saurais avoir. Tout mon dépit se dissipe à la moindre apparence de regret. Mais, au moins, souvenez-vous de votre serment.

Malgré son serment, Henri surveillait toujours Bellegarde. Seulement, il le faisait plus gaiement, si l'on en croit cette seconde historiette :

Dans une occasion, dit Vanel, différente à la vérité de celle-ci, Henri IV se trouva de meilleure composition à l'égard de sa maîtresse et du grand-écuyer, et traita bien plus doucement ce dernier qu'il ne l'aurait traité dans le cabinet aux confitures.

Ce prince, entrant chez Gabrielle, le duc de Bellegarde se cacha soudain sous la table, mais il ne put le faire si promptement qu'il ne fut vu par le roi.

Cependant, on servit la collation.

Le roi, qui avait remarqué le lieu où le duc était caché, mit un plat à terre sous la nappe, en disant :

— Il faut bien que tout le monde vive !

A la fin, pourtant, Sa Majesté se fâcha. Entre nous, il y avait bien de quoi.

Béringhem, son premier valet de chambre, lui ayant fait voir une lettre que Bellegarde avait écrite à Gabrielle d'Estrées et qu'il avait trouvée chez elle, un matin que, faisant la malade, le roi avait envoyé savoir de ses nouvelles, Henri lui commanda de les épier de près. *Ce bon serviteur*, qui appréhendait que son maître n'épousât cette femme, les épia tellement qu'il crut bien, un soir, avoir vu entrer Bellegarde chez la maîtresse du roi.

Il alla aussitôt en donner avis à son maître, qui commanda à Praslin, capitaine de ses gardes, d'aller tuer le grand-écuyer dans la chambre de Gabrielle.

Praslin, surpris de ce commandement, et qui aimait fort les deux coupables, ne pouvant se dispenser d'exécuter l'ordre qui lui avait été donné, prit des archers avec lui et fit tant de bruit en arrivant chez Gabrielle qu'il la trouva seule.

Il lui apprit néanmoins, le sujet de sa visite. Gabrielle, qui vit bien qu'il n'avait pas voulu la surprendre, lui promit de n'oublier jamais ce bon office, ce qu'elle lui témoigna depuis en lui faisant obtenir plusieurs grâces.

Gabrielle, cependant, fit de grands reproches au roi. Dès qu'elle avait sauvé la situation, elle devenait aggressive.

Il fit semblant, pour cette fois, d'avoir tort, mais il lui reprocha la lettre que Bellegarde lui avait écrite.

Elle jura de ne l'avoir jamais vue et se justifia assez bien, tout lui étant aisé avec le roi.

Mais Bellegarde n'en fut pas quitte à si bon marché ; il fallut qu'il s'en allât avec défense de revenir qu'il ne fût marié et n'amenât sa femme.

Gabrielle trompait Henri IV. Henri IV trompait Gabrielle. On en riait, mais on ne s'en étonnait pas.

Cela ne les empêchait pas de s'aimer beaucoup l'un l'autre.

Acceptons donc cet amour tel qu'il était, et tel qu'il pouvait être entre deux individus de nature également inconstante, et cependant remplis de qualités affectueuses, et arrivons peu à peu à l'époque où cette liaison, toute légère au début, prit un caractère si sérieux que non-seulement la France, mais toute l'Europe s'en occupa.

Il fut question, pour Gabrielle, de devenir la femme légitime du roi de France.

Reine de France, ni plus ni moins, cette fille d'un obscur gentilhomme de province.

Et est-ce elle qui, la première, eut la pensée d'étendre la main vers la couronne ?

Non ! Gabrielle n'était pas ambitieuse.

Mais il fallait à Henri une femme qui lui donnât des enfants et, sous ce rapport, Mlle d'Estrées ne marchandait pas ses peines.

En cinq ans, elle mit au monde deux fils et une fille.

Malheureusement, on ne peut se défendre de songer à la collaboration accidentelle, mais effective, du beau duc de Bellegarde, celui qui est toujours caché dans un cabinet à côté.

Au reste, si ce projet, conçu par Henri IV, de s'unir à une maîtresse adorée, tourna quelque peu l'esprit de cette maîtresse, combien ne fût-elle pas cruellement punie de son égarement par toutes les haines qui s'élevèrent contre elle.

Haines d'autant plus dangereuses qu'elles se dissimulaient sous des sourires. Fureurs, non pas de lions qui bondissent, mais de serpents qui sifflent et qui rampent.

Appuyée au bras puissant de Henri, Gabrielle n'avait rien à redouter en face de qui que ce fût.

Sully, lui-même, le trop austère Sully, pour plaire au maître, se courbait très bas devant la maîtresse et, vingt fois, en voyage, il tint à honneur de lui servir de galant cavalier.

Au moment où Gabrielle va prendre une situation prépondérante, que font prévoir les honneurs dont elle est l'objet de la part des hommes les plus considérables de la Cour, il est intéressant de reproduire le portrait du roi, tel que l'a fait l'historien romancier Capefigue :

« Telles avaient été les traverses de sa vie, ses inquiétudes, les fatigues de la guerre et des plaisirs, que déjà son visage était sillonné de rides. Sa peau brune était devenue presque noire, comme le teint des vieux Basques. Dans la dernière de ses campagnes, il avait eu tant de soucis que ses cheveux et sa barbe avaient grisonné ; son nez, démesurément long et crochu, descendait jusque sous le menton, de manière à laisser peu de place à sa bouche, ombragée d'une moustache presque grise. Les traits de la Gascogne, assez beaux dans la jeunesse, prennent dans la vie avancée des proportions marquées, sensuelles, railleuses et, qu'on me permette cette comparaison, comme le polichinelle d'Italie, et avec cela des yeux égrillards, un sourire moqueur, des dents toutes jaunies et tremblantes, à la suite de quelque excès d'amour ou de guerre. »

Il y a mieux à dire pour donner une juste idée de la physionomie du roi Henri, au moment où Gabrielle d'Estrées va, pour ainsi dire, régner à ses côtés.

Le triple caractère de son visage, c'est qu'il est à la fois et tour à tour jovial, cordial et martial.

On y sent du premier coup le gai conteur, le bon compagnon, le « cheval-léger », comme disait Sully, l'homme des courts récits, des longs repas, des chauds baisers.

Le portrait devient de plus en plus flatteur, à mesure qu'on lit les historiens du roi.

Nous ne savons si celui de Lescure, l'un des plus brillants, dépasse la limite quand il dit :

« S'il fallait chercher un symbole à Henri, je ne choisirais pas le bouc ou le satyre des pamphlets huguenots ou de la Ligue. Je choisirais le coq, l'oiseau français par excellence, dressé sur ses ergots, battant des ailes et saluant le soleil de sa voix éclatante. »

V

SPLENDEUR ET MISÈRE D'UNE FAVORITE

Gabrielle d'Estrées logeait, d'ordinaire à Paris, au cloître Saint-Germain.

Elle habitait aussi quelquefois un pavillon, sis à l'extrémité opposée de la colline qui donne sur la plaine Saint-Denis, et qu'on appelle aujourd'hui Clignancourt.

Quant aux terres, elle en avait beaucoup, arrondissant chaque année ses domaines, de façon à en faire à ses enfants un véritable apanage.

Mais il n'y avait rien d'excessif et de supérieur à son rang dans cette liste où la pompe des titres ne doit pas faire illusion sur la valeur réelle, surtout sur le revenu.

Gabrielle possédait, de 1594, la seigneurie de Vandeuil ; de 1595, celle de Crécy ; de 1596, celle de Monceaux, puis la terre de Joignes.

En 1597, elle acquiert le comté de Beaufort, en Champagne et les seigneuries de Jancourt et de Loisicourt, appartenant à la duchesse de Guise.

Quelques mois avant sa mort, elle achetait les terres de Montretou et de Saint-Jean.

Tout cela, même en y comprenant le duché d'Etampes, présent un peu forcé de la reine Marguerite de Navarre, ne constituait pas une fortune scandaleuse.

Le mobilier de Gabrielle, dans son inventaire, est évalué au total à 156.322 écus. Ce chiffre n'a rien d'exorbitant.

Outre les propriétés ci-dessus mentionnées et qu'on pourrait appeler ses propriétés officielles, Gabrielle avait encore à elle aux environs de Paris, des maisonnettes où elle se plaisait à passer des trois ou

quatre jours loin du bruit de la ville, loin de l'éti-
quette de la cour.

Il n'y a pas longtemps encore qu'on voyait aux
Prés-Saint-Gervais, un village limitrophe de cette
ville, les ruines de ces maisonnettes.

Gabrielle attendait le roi aux Prés-Saint-Gervais
tandis qu'il chassait le lapin dans les bois de Vincennes ou de Romainville.

Il rentrait le soir fatigué, harassé... mais amoureux
et toujours disposé à le prouver.

Oh ! il n'avait pas volé son surnom de Vert-Galant !

Et lorsque, par hasard, il lui était impossible de
la rejoindre au nid d'amour, rappelé qu'il était
par quelque affaire fortuite, Henri ne manquait pas
d'envoyer une lettre bien tendre à sa maîtresse.

Quelques passages de ces lettres intéresseront certainement le lecteur.

Il n'y a plus de prince, de notre temps, pour
écrire aussi joliment : il est vrai que de notre temps les
princes n'ont qu'une maîtresse, la politique.

« Je vous écris, mes chères amours, des pieds de
votre peinture, que j'adore seulement pour ce qu'elle
est faite pour vous, non qu'elle vous ressemble. J'en
puis être juge compétent, vous ayant peinte en toute
perfection dans mon âme, dans mon cœur, dans mes
yeux. »

« Mon bel ange, si à toute heure m'était permis de

vous importuner de la mémoire de votre sujet, je
crois que la fin de chaque lettre serait le commencement d'une autre. Je ne suis vôtre que de noir, aussi
suis-je veuf de ce qui peut me porter de la joie et du
contentement. »

« Je n'ai failli un seul jour de vous dépêcher un laquais ; mon amour me rend aussi jaloux de mon
devoir que de votre bonne grâce, qui est mon unique
trésor. Croyez mon bel ange, que j'en estime autant
la possession que l'honneur d'une dizaine de batailles,
soyez glorieuse de m'avoir vaincu, moi, je ne le fus
jamais que de vous. »

« J'ai patienté un jour de n'avoir pas de vos nouvelles car, mesurant le temps, cela devait être. Mais
le second, je n'en vois raison que la paresse de vos
laquais, ou que les ennemis les aient pris. Jamais
ma passion ne fut plus grande et plus violente, ce
qui me fait user de cette redite dans toutes mes
lettres.

« Mes chères amours, il faut dire vrai, nous nous
aimons bien. Certes, pour femme, il n'est pas de pareille à vous ; pour homme, rien ne m'égale à savoir
aimer. »

« Vous verrez prochainement un cavalier qui vous
aime fort, que l'on appelle roi de France et de Navarre, titre certainement bien honorable mais bien
pénible ; celui de votre sujet est bien plus délicieux... »

Le style de Gabrielle n'est pas moins curieux.

Voici un de ses billets à son royal amant.

« Je meurs de peur : rassurez-moi en me disant ce que devient le plus brave du monde; je crains que *son mal* ne soit plus grand puisqu'autre chose ne devrait me priver de sa présence. Dis m'en des nouvelles, mon cavalier, puisque tu sais combien le moindre de tes maux m'est mortel. Quoique aujourd'hui j'aie reçu deux fois de vos nouvelles, je ne saurais dormir sans vous envoyer mille bonsoirs; car je ne suis pas douée d'une ladre constance : je suis la princesse constante et sensible pour tout ce qui vous touche, insensible pour le reste du monde. »

« *Je suis la princesse constante.* » Lorsqu'elle eut l'espoir d'être reine, Gabrielle ne donna plus de sérieux sujets de suspecter sa fidélité.

Henri IV disait : Un royaume vaut bien une messe. Sa maîtresse pouvait dire : Une couronne vaut bien un amoureux.

Et puis, celui qu'elle avait le plus aimé, le beau duc de Bellegarde, était à jamais séparé d'elle.

Désireux de conserver la faveur du roi. il avait fait une fin : il s'était marié à Mademoiselle Anne de Bueil qu'il ne paraît pas même avoir rendu très heureuse.

Les maris font souvent payer ainsi à leur femme les regrets de l'amant.

Cependant, si l'on peut ajouter foi à de malins propos, la duchesse de Beaufort, c'est le dernier titre que le roi avait octroyé à Gabrielle d'Estrées, se permettait encore par ci par là une fantaisie égrillarde.

On raconte en ce sens une historiette dont le lieu de scène avait été justement cette petite maison des Prés-Saint-Gervais, dont nous parlions plus haut.

C'était en 1598, un soir d'octobre. Gabrielle attendait le roi, parti depuis midi du Louvre pour courre le cerf dans la forêt de Vincennes. Neuf heures sonnaient. Henri tardait bien.

Assise dans son boudoir, son fameux livre d'*Heures* à la main, la duchesse tendait l'oreille à chaque bruit du dehors, pensant toujours que Sa Majesté arrivait.

Elle était somnolente, ce soir-là, la duchesse ? Mais aussi le temps portait à la mélancolie. Froid et pluvieux. En vérité le roi avait des sourires à perdre de s'occuper de cerfs pendant que sa maîtresse baillait.

Le galop d'un cheval, au loin sur la route. D'un seul cheval. Un messager probablement que Henri, empêché de venir, lui expédiait.

Allons ! Il était dit que Gabrielle passerait non seulement une triste soirée, mais une triste nuit !

C'était bien un exprès de Sa Majesté qui accourait porteur d'un mot à l'adresse de la duchesse ; un de ces mots comme Henri savait en écrire, tout assai-

sonné de câlineries et se terminant par cette phrase
à peu près invariable dans sa galante expression :
« Bonjour, l'âme à moi, je te baise un million de
fois ! »

Henri était désolé, mais, près de tourner bride vers
les Prés-Saint-Gervais, il avait rencontré le baron de
Sancy qui, de retour de Bâle où il l'avait envoyé
lever des troupes, venait avec Duplessis-Mornaix, lui
rendre compte de son expédition.

Pas moyen d'échapper à une conversation qui se
prolongerait au moins jusqu'à minuit.

Le roi avait pris le chemin de Paris avec de Sancy
et Duplessis-Mornaix.

Il invitait la duchesse à le rejoindre le lendemain
au Louvre. Jusque-là, elle avait le droit de lui répondre courrier par courrier qu'elle n'était pas fâchée
contre lui.

Gabrielle poussa un soupir après avoir lu cette épi-
tre, et prit la plume pour y répondre, ainsi qu'elle y
était conviée.

Le courrier était un page, un tout jeune homme,
nommé Gauthier de Dampierre.

— Asseyez-vous, Monsieur de Dampierre, dit cour-
toisement Gabrielle.

— Madame la duchesse est trop bonne, répliqua le
page : je sais trop le respect que je lui dois pour
m'asseoir en sa présence.

Une réponse qui n'avait rien d'extraordinaire. En
l'entendant, pourtant, Gabrielle se retourna vivement, frappée de l'accent dont elle avait été proférée.

Un accent altéré, en rapport, au surplus, avec la contenance et la physionomie souffrante, du page.

— Mais qu'avez-vous donc, Monsieur de Dampierre? demanda Gabrielle.

— Moi, rien ! Je n'ai rien, je vous jure, madame la duchesse, répondit le jeune homme en se cramponnant d'une main à une chaise pour rester droit.

— Pardonnez-moi. Je vois bien que vous avez quelque chose. Asseyez-vous : je le veux. Et dites-moi ce que vous avez. Vous êtes malade ?

Le page était tombé sur la chaise.

— Eh bien ! oui, Madame, murmura-t-il, je ne suis plus absolument malade... je l'ai été. Je suis en convalescence. Une fluxion de poitrine qui a failli m'emporter. Cependant j'ai voulu reprendre mon service. Mais j'avais compté sans la fatigue d'une journée tout entière employée à suivre Sa Majesté dans les bois...

— Il fallait dire à Sa Majesté...

— Oh ! je n'ai pas osé, Madame !

— Un tort ! un grand tort !... Et puis, vous avez peut-être besoin de quelque chose ?

— Oui, Madame, c'est un peu pour cela. Je n'ai rien pris de la journée. Le roi avait déjeuné avant de quitter le Louvre.

— Pauvre enfant ! Mais c'est de la folie ! Venez avec moi : vous souperez avant de vous remettre en route.

— Oh ! madame...

— Mais oui, vous souperez. C'est tout simple, cela.

Vous souffrez... Je ne puis pas vous laisser partir dans cet état ! La Rousse ! La Rousse !

La Rousse, cette femme de chambre favorite de Gabrielle, dont Sully, dans ses *Mémoires*, fait un vilain portrait, disant « qu'elle tenait sans vergogne la chandelle à toutes les amours de sa maîtresse, — la Rousse accourut offrir le secours de son bras au page pour le conduire jusqu'à la salle à manger où il s'assit en face de la duchesse.

Et voilà les deux femmes, la maîtresse et la servante, de servir à l'envi le *pauvre enfant*.

Un bon coup de vin de Bordeaux, d'abord, puis une assiettée d'un excellent potage.

— Encore un doigt de vin maintenant, monsieur, puis vous goûterez de cette truite saumonée. Aimez-vous le poisson ?

— Oh ! oui, madame !

— C'était de la faiblesse, rien de plus. Vois donc la Rousse, comme il a déjà une autre figure ! Oh ! que j'ai eu peur vraiment, tout à l'heure ! Il était si pâle ! J'ai cru qu'il allait rendre l'âme !

— Que vous êtes bonne, Madame !

— Vous me remercierez plus tard. Mangez. Qu'est-ce qu'il y a à présent, La Rousse ?

— Un salmis de perdreaux, Madame.

— Il aurait mieux valu du poulet pour M. de Dampierre, du poulet rôti...

— Oh ! madame, le perdreau ne me déplaît pas non plus !

— Ah ! si le perdreau ne vous déplaît pas ! Ah ! Ah !

la Rousse, si tu descendais à la cave pour nous chercher une bouteille de vin d'Espagne ? C'est bon, pour
les malades, le vin d'Espagne.

— J'y vole, madame.

— Et le dessert ? Nous n'avons pas de dessert ?

— Une tarte au fromage et des fruits.

— Bien !

Inutile de vous dire, n'est-ce pas, lecteur, que
Gauthier de Dampierre était un fort joli garçon ?
Vous êtes bien convaincu que, s'il était laid, la belle
Gabrielle ne se fût point si fort mise en peine pour
lui. Non pas qu'elle ne fût foncièrement généreuse et
secourable ; mais il est évident que les avantages
physiques auront toujours un grand prestige sur les
femmes et aussi... sur les hommes. On s'éprend de
prime-saut d'une jolie tête : ce n'est qu'à l'user
qu'on apprécie un bon cœur.

Et le dénouement de cette aventure ? Comment se
termina ce souper ?

La belle Gabrielle, dans le but de réconforter le
page, lui aurait fait boire tant de vin d'Espagne et,
pour ne pas le laisser boire seul — ce qui est une im-
politesse de la part d'un amphytrion — en aurait
tant et tant bu avec lui, elle-même, qu'au dessert,
Gauthier de Dampierre, on ne peut mieux portant de
corps, mais, par un revirement étrange, complètement privé de raison et d'ailleurs excité au jeu par sa
charmante hôtesse, se serait hasardé à des pri-
vautés telles que — pour n'avoir pas à rougir de
leur spectacle, disent les uns, pour ne pas les gêner,

disent les autres, — la Rousse aurait pris le parti de
se retirer.

Vers deux heures du matin, seulement, Gabrielle
gagna sa chambre, laissant le pauvre enfant ivre de
toutes les ivresses, endormi.

Au petit jour, la Rousse le réveilla en lui présentant
une lettre de sa maîtresse pour le roi.

Il considérait, tout effaré, la femme de chambre.

— Allons, dit-elle, partez vite, Monsieur de Dampierre ; votre cheval est sellé et bridé, et Sa Majesté
doit être fort étonnée de ne pas vous avoir vu rentrer
hier soir. Mais ne vous tourmentez pas : madame la
duchesse lui explique tout dans sa lettre.

— Tout ? répéta le page, qui commençait à rassem-
bler ses esprits.

— Sans doute, poursuivit imperturbablement la
Rousse. Ne vous souvient-il pas qu'en arrivant ici
vous étiez si exténué d'inanition et de fatigue
que Madame la duchesse a eu la complaisance
de vous faire servir à souper ? Un excellent souper,
et arrosé de vins généreux. J'en sais quelque chose
puisque c'est moi qui vous ai tenu compagnie à
table.

— Vous ?

— Mais oui, moi ! Ah ! vous n'avez pas de mémoire !
ou plutôt vous feignez de ne pas en avoir ! Et il est
certain qu'un jeune et beau seigneur comme vous ne
peut être soucieux d'avouer qu'il a paru se plaire
un moment dans la société d'une fille de mon espèce !

Ce disant, la Rousse affectait de baisser les yeux en essayant d'appeler sur sa joue l'incarnat d'une pudeur repentante.

Gauthier aller se récrier. Non, ce n'était pas cette grosse fille, encore jeune, mais laide et commune, qui avait soupé avec lui ! Non, ce n'étaient point les appas robustes, trop robustes, qu'il avait possédés ! Ses lèvres encore imprégnées du parfum de baisers qu'elles n'avaient certes point moissonnés sur cette bouche vulgaire, s'ouvraient pour renier un honteux bonheur...

Mais la Rousse reprit, en regardant le jeune homme en face :

— Au reste, n'ayez crainte, Monsieur de Dampierre ; il y a trop longtemps que je vis au milieu des gens de cour pour ignorer ce qui est imprudent... dangereux quelquefois, de se souvenir. Allez en paix ! Nul ne saura jamais qu'en une nuit de folies, un des pages de Sa Majesté a bu sans déplaisir, au même verre que la femme de chambre de Madame la duchesse de Beaufort.

Ces mots rappelèrent à lui Gauthier de Dampierre.

C'était une leçon et il la comprit.

Il se leva et, d'une main prenant la lettre, tandis que de l'autre il tendait à la cámériste une chaîne d'or qu'il avait détachée de son cou ;

— Merci, ma bonne, dit-il ; vous avez raison. Pour vous et pour moi, il vaut mieux oublier cette nuit de folie. Tenez, acceptez cette chaîne, je vous prie. Vous présenterez mes humbles respects à Madame la du-

chesse et la remercierez en mon nom de sa bienveil-
lante hospitalité. Adieu.

Gauthier de Dampierre fit selon sa tacite promesse.
Il oublia ou, du moins, il parut oublier.

Tant que vécut Gabrielle, il garda le plus complet
silence sur son aventure à la petite maison des Prés-
Saint-Gervais. Ce ne fut même que longtemps après
la mort du Béarnais qu'un jour il se hasarda à conter
à des amis sa bonne fortune avec la maîtresse de
Henri IV. Il soupirait en terminant son récit.

— Et était-elle, vraiment, aussi belle qu'on le dit,
Gabrielle ! lui demanda un de ses auditeurs.

— Plus belle, s'écria l'ancien page ; oui, vous pou-
vez m'en croire, Messieurs, c'était un vrai morceau
de roi, un si délicieux morceau que pour ma part, je
n'ai jamais trouvé l'équivalent.

— Et cependant, si tu t'étais trompé ? Si la Rousse
n'avait point menti ?

Gauthier de Dampierre secoua la tête.

— Impossible, fit-il. La preuve...

— La preuve ?

— Eh bien ! c'est qu'à quelques semaines de la nuit
des Prés-Saint-Gervais, je surpris un soir au Louvre
Henri IV caressant Gabrielle ; et...

— Et ?

— Mon Dieu, vous ne devinez pas ! Et que sa manière de dire: « Je t'aime ! » au roi était absolument
la même qu'avec moi.

Son baiser au souverain ou au page avait absolument le même bruit.

C'était en 1599. Sans avoir encore le titre de reine, la favorite en avait déjà tous les honneurs.

Elle ne devait pas tarder à les posséder, les négociations pour le divorce allant bon train.

Cependant Silleri, ambassadeur en Italie, qui, suivant les ordres reçus, pressait vivement à Rome la dissolution du mariage du roi, éprouvait là-bas quelque embarras, car la reine Marguerite, l'ennemie acharnée de Gabrielle, persuadée que, son mariage cassé, le roi épouserait aussitôt la duchesse de Beaufort, faisait dire au pape qu'elle ne consentirait jamais au divorce sur ce pied-là.

Le pape, d'un autre côté, qui voulait se faire valoir, suscitait tous les jours de nouvelles difficultés.

Il ne voyait pas, disait-il, qu'il pût en conscience, légitimer des enfants nés de l'adultère.

D'ailleurs, il pressentait que ce divorce produirait de grands troubles pour la succession et ne se décidait pas à lâcher la bulle tant attendue.

A Paris, c'était Sully qui faisait tout pour contrarier ce qu'il traitait, sans façons, de sottise des sottises.

C'étaient aussi les prédicateurs qui tonnaient publiquement en chaire contre l'abominable union d'une *paillarde* avec Hérode.

Le dimanche 27 décembre 1598, fête de Saint-Jean, le prédicateur de Saint-Leu dit en son sermon que nous avions peu de Saint-Jean en France, mais que les Hérode s'y étaient multipliés.

Chavagnac, qui prêchait à Saint-Jean, dit à ce sujet que c'était un dangereux monstre qu'une paillarde à la cour d'un roi, et qui y causait beaucoup de maux, principalement quand « on lui soutenait le menton. »

Effrayée de ces reproches de la chaire, plus effrayée des sinistres prédictions des devins, Gabrielle passait ses nuits à pleurer.

Nous parlons de devins : les uns lui disaient qu'elle ne serait jamais mariée qu'une fois ; les autres qu'elle mourrait jeune ; ceux-ci qu'un enfant lui ferait perdre toute espérance ; ceux-là qu'une personne à qui elle donnait toute sa confiance lui jouerait un mauvais tour.

Il eût été plus simple, de sa part, de dire au roi :

« Ne nous marions pas. »

Mais trouvez une femme qui résiste à l'attrait d'une couronne !

On était à la veille de Pâques. La duchesse, grosse de quatre mois de son quatrième enfant et fort incommodée de sa grossesse, était allée avec le roi à Fontainebleau, vers la fin du carême.

Pâques approchant, il fallut se séparer.

René Benoit, son confesseur, l'exigeait, et Henri sentait l'autorité de cette juste demande et la nécessité de conserver purs les jours consacrés.

Ici, nous laissons la parole au naïf mais quelquefois touchant auteur des amours de Henri IV.

« Comme il y a certains vieux maux qui par un renouvellement de douleur, font sentir au patient les approches d'un renouvellement de temps, ainsi les

cœurs tendres et amoureux ont souvent des pressen-
timents secrets des malheurs qui les menacent.

« La duchesse, comme si elle eut deviné sa destinée, eut beaucoup de peine à quitter le roi, et lui re-
commanda ses enfants la larme à l'œil.

« Elle s'embarqua à Melun, le mardi-saint et arriva
à Paris d'assez bonne heure. Le roi l'avait priée de
loger chez Sébastien Zamet, riche partisan qui se vantait de posséder dix-sept-cent mille écus de bien. Le
roi aimait cet homme et l'appelait Bastien par familiarité.

« Sébastien Zamet prit un soin particulier de bien
traiter la duchesse et de lui donner ce qu'il savait être
de son goût.

« Le lendemain, elle se rendit au Petit-Saint-An-
toine pour la cérémonie des ténèbres. Madame et
Mademoiselle de Guise, la maréchale de Retz et ses
filles l'y accompagnèrent. Elle y alla en litière et
toutes les autres dames en carrosse. Un capitaine des
gardes du corps fut toujours à sa portière et la conduisit à une chapelle qu'on lui avait destinée pour la
dérober à la vue du peuple et pour empêcher que la
reine ne l'embarrassât.

« Notre pénitente n'était pas si occupée des choses
du ciel qu'elle ne songeât à celles de la terre ; elle fit
voir à Mademoiselle de Guise des lettres qu'elle venait de recevoir de Rouen, par lesquelles on lui appre-
nait que l'affaire qui lui tenait tant au cœur serait
bientôt terminée. Elle lui en fit voir deux autres
qu'elle avait reçues du roi le même jour, où il y avait

tant de marques de tendresse et d'impatience de la voir reine, qu'elle avait toujours sujet d'être contente. Ce prince lui donnait avis qu'il envoyait à Rome Du Fresne, secrétaire d'Etat, qu'elle regardait comme une de ses créatures. Il avait épousé une de ses proches parentes, en sorte qu'elle était assurée qu'il ne négligerait rien pour vaincre la lenteur de Sa Sainteté.

« Le service étant fait, elle retourna chez Zamet. Les uns disent qu'elle tomba en défaillance à l'église, et qu'on la rapporta chez Zamet où, en se promenant dans le jardin, elle se sentit frappée d'une attaque d'apoplexie ! »

D'après la fin du récit, dès que ses douleurs furent moins violentes, elle se fit porter chez Madame de Souris, sa sœur, près de Saint-Germain-l'Auxerrois, comme si la maison de Zamet eut été cause de son mal. Elle pria Mademoiselle de Guise de vouloir l'accompagner. A peine fut-elle au lit qu'elle retomba en convulsions, d'où elle ne revint qu'à force de remèdes.

Après qu'elle fut revenue, elle voulut écrire au roi, mais une autre convulsion qui survint l'empêcha d'achever sa lettre.

Lorsque celle-ci fut passée, on lui présenta une lettre du roi qu'elle ne put lire parce qu'elle retomba d'abord dans ses mouvements convulsifs qui ne finirent qu'avec sa vie.

L'âpreté de ses douleurs la fit accoucher d'un enfant mort, et le samedi matin, elle mourut.

On parla de cette mort avec la diversité dont on parle ordinairement de celle des grands.

Le pape crut que c'était *un effet de ses prières*.

D'autres disent que le diable l'avait mise en cet état, parce qu'elle s'était donnée à lui pour posséder seule les bonnes grâces de Sa Majesté !

D'autres descendaient jusqu'à d'étranges détails et disaient que, le dernier soir de sa vie, elle avait commandé à Mademoiselle de la Bretonnière, une de ses confidentes, qui couchait ordinairement dans sa chambre, de ne pas s'alarmer si durant la nuit elle entendait du bruit, et de ne point quitter son lit ; qu'effectivement, pendant la nuit cette fille entendit un bruit épouvantable, semblable à celui que font des gens qui se battent à outrance ; que, suivant l'ordre de sa maîtresse, elle demeura tranquille et trouva le lendemain, qu'on avait tordu le cou à la belle Gabrielle d'Estrées, duchesse de Beaufort.

Quoi qu'il en soit, elle parut après sa mort si hideuse, et le visage si défiguré, qu'on ne pouvait la regarder qu'avec horreur ; et ce fut peut-être cela qui donna occasion à ses ennemis de prétendre que le diable l'avait ainsi maltraitée.

On ajoutait, pour embellir ces contes, que la duchesse savait longtemps à l'avance qu'elle devait être sa fin, et qu'un jour qu'elle se promenait aux Tuileries, elle y avait trouvé un célèbre magicien qui disait la bonne aventure à plusieurs dames de la cour ; qu'elle avait eu envie de savoir quel serait son sort et qu'elle l'avait fort pressé de le lui dire ; que le magicien, s'en étant excusé longtemps, et lui ayant dit que sa fortune était si grande qu'elle n'avait plus rien à souhaiter, elle avait continué de le presser de lui dire comment elle finirait ses jours.

Cet homme, ainsi poussé, lui avait répondu qu'elle prit son miroir de poche et qu'elle y verrait de quoi satisfaire sa curiosité.

La duchesse l'ayant fait, elle y avait vu le démon qui la prenait à la gorge et en avait été tellement effrayée qu'elle s'était évanouie entre les bras d'une de ses filles qui la suivait.

La mort de Gabrielle d'Estrées reste une énigme. Michelet croit fermement et hardiment à un empoisonnement.

On dit que la gloire de ce monde passe vite : elle pourrait passer d'une façon moins tragique.

VI

MARQUISE ET COMTESSE

LA MARQUISE DE VERNEUIL ; LA COMTESSE DE MORET.

Henri IV se consola bientôt de la mort de Gabrielle en portant ses vues sur un autre objet.

Les courtisans, comme pour distraire Henri des regrets qu'ils lui supposaient, avaient engagé le prince à une partie de chasse auprès de Malesherbes, château appartenant au marquis d'Entragues.

C'est ce même d'Entragues qui avait épousé Marie Touchet, la célèbre maîtresse de Charles IX.

Ce mari complaisant était un peu ambitieux et au fond, c'était lui qui avait envoyé prier Sa Majesté de venir se délasser dans son château.

Le roi accéda à sa demande.

On lui avait dépeint Mademoiselle d'Entragues comme une incomparable beauté.

Il dut reconnaître qu'on ne l'avait pas trompé et la preuve, c'est qu'il resta plusieurs jours à Malesherbes.

Le comte de Lude fut chargé d'une négociation amoureuse.

Le premier effet de son honnête entremise fut un don de cent mille écus que Mademoiselle d'Entragues obtint du roi, qui n'était rien moins que prodigue, et pour cause.

Mais cette belle avait mis à ce prix sa complaisance et ses faveurs.

Henri, dont les désirs avaient été savamment irrités par une modestie parfaitement jouée, s'aveugla sur l'énormité du présent.

L'histoire du temps rapporte à ce sujet un trait qui peint bien le caractère de Sully.

Il fit apporter toute la somme en espèces d'argent dans le cabinet du roi et affecta d'étaler les écus et de les compter devant lui.

Henri, étonné de voir le plancher presque entièrement couvert, ne put s'empêcher de s'écrier :

— Ventre-saint-gris, voilà une nuit bien payée !

Henriette accepta la somme, mais en fille habile et secondant sans doute les intentions de ses parents, elle différa de se rendre aux désirs du roi et voulut en recevoir d'avance ce que Gabrielle d'Estrées n'avait pas reçu pendant dix ans qu'elle fut sa maîtresse.

C'était que Henri mit son honneur et sa conscience à l'abri en faisant par écrit une promesse de mariage.

Henri fit une promesse écrite. Le principal, pour lui, était de prendre possession de sa future moitié.

A cette époque, en 1599, d'après Bassompierre, nantie de la promesse et n'ayant plus de motifs pour disputer le terrain à son amant qu'elle devait craindre de rebuter, Mademoiselle d'Entragues exécuta le marché.

Sully affirme que Henri ne trouva point en elle le prix de son argent.

Du reste, le même ministre s'étant fait montrer la promesse écrite la déchira. Peine inutile, Henri la refit, et il se hâta de la porter à sa maîtresse.

Mademoiselle d'Entragues fut bientôt, dans une position intéressante.

Le tonnerre étant tombé dans sa chambre, pendant sa grossesse, la frayeur la fit accoucher avant terme.

Après son accident, elle partit pour Lyon, pour être plus rapprochée de son royal amant.

Elle y reçut l'hommage des drapeaux conquis par Henri IV dans la Maurienne, sur les troupes du duc de Savoie.

Informée que le mariage de ce prince avec Marie de Médicis venait d'être conclu, elle quitta brusquement Lyon pour ne pas se trouver à l'entrée de la nouvelle reine.

Lorsque Henri IV la rejoignit, elle l'accabla d'injures, et il réussit à l'apaiser en la créant marquise de Verneuil.

Ce prince s'étant chargé de la réconcilier avec la reine, elle consentit à venir habiter le Louvre, où elle accoucha d'un fils, un mois après la naissance du dauphin.

L'année suivante, elle eut une fille que l'on devait marier au duc d'Epernon.

La probité de Sully ne pouvait manquer de déplaire à la marquise de Verneuil, naturellement avare et exigeante.

Plus d'une fois, elle fut obligée d'entendre de la bouche du ministre de dures vérités, et malgré son ascendant sur l'esprit du roi, elle ne put, quoi qu'elle en ait fait, le faire renvoyer.

Il était impossible que la reine et la marquise de Verneuil vécussent en bonne intelligence.

C'étaient sans cesse de nouvelles tracasseries et Henri IV, malgré tout son amour, ne trouvait pas que la marquise eût toujours raison.

La reine ayant exigé de Henri qu'il retirât la promesse de mariage qu'il avait eu l'imprudence de faire à sa maîtresse, celle-ci refusa de la rendre.

Le roi, piqué, lui reprocha les liaisons plus que suspectes qu'elle avait avec des courtisans.

Mais au lieu de se justifier, la marquise prit à son tour le ton du reproche, et alla jusqu'à lui dire qu'en devenant vieux il devenait défiant et soupçonneux; qu'elle ne pouvait pas vivre longtemps avec lui ; et elle se permit ensuite des mots si durs contre la reine que le roi fut sur le point de la souffleter.

La marquise dissimula son ressentiment ; mais quelque temps après, elle demanda à Henri la permission de se retirer en Angleterre avec ses enfants.

Il y consentit, mais à la condition qu'elle rendrait cette promesse de mariage « qu'elle faisait, dit Mezeray, sonner bien haut et montrait à quiconque la voulait voir. »

La marquise finit par la donner, moyennant vingt mille écus qui lui furent comptés sur-le-champ et l'espérance de la dignité de maréchal pour son père.

Quoiqu'elle n'eût jamais aimé, dans Henri IV, que le souverain, elle s'était toujours flattée d'amener ce prince à l'épouser.

Forcée d'y renoncer, elle osa concevoir l'idée de détrôner son amant et devint l'âme d'une conspiration dont son père et le comte d'Auvergne, son frère utérin, étaient les principaux agents.

Cette trame ayant été découverte, le roi lui fit ôter ses enfants et la fit garder dans un hôtel par un chevalier du guet.

Henri, toujours bon, lui envoya un de ses gentilshommes pour lui offrir sa grâce, mais elle répondit qu'elle n'avait jamais offensé le roi, et lorsqu'il n'y avait pas d'offense, le pardon devenait inutile,

Cependant l'affaire s'instruisait au Parlement.

Ayant été mandée devant les commissaires le même jour que le comte d'Auvergne, elle s'excusa d'obéir, sous prétexte qu'elle venait d'être saignée, avant de savoir ce que son frère avait répondu.

Lorsque la marquise de Verneuil sut qu'il avait tout rejeté sur elle, elle dit qu'elle ne demandait au roi que trois choses : une corde pour son frère, un pardon pour son père et une justice pour elle.

Son frère, nous l'avons dit, rejetait de son côté tout le crime sur elle, comme en étant la cause et le premier auteur; du reste, il avait ou affectait la plus parfaite indifférence sur sa position.

Quant au comte d'Entragues, il disculpait sa fille et le comte d'Auvergne, et prenait tout sur lui, aimant mieux sacrifier pour eux le reste d'une vie avancée : il avait alors soixante-treize ans.

L'arrêt fut rendu le 1er février 1605. Le comte d'Auvergne et d'Entragues furent condamnés à avoir la tête tranchée et, à l'égard de la marquise, il fut ordonné de plus amples informations.

La dernière partie de cet arrêt était déjà un effet des sentiments du roi.

Sully nous apprend qu'aussitôt l'arrestation de la marquise de Verneuil, Henri ne put s'empêcher de laisser voir à sa maîtresse son intention de lui pardonner.

Toute la cour fut employée aux messages continuels qu'il lui adressait et Sully, comme les autres.

« J'ai trouvé, dit-il, une femme à qui son humilia-

tion n'avait rien ôté de sa première fierté, et qui, bien
loin de vouloir s'abaisser jusqu'à demander grâce et
se justifier, parlait en femme outragée et cherchait
à poser des conditions : plaintes et emportements
contre le roi, nouvelles demandes, voilà par où elle
débuta, en prenant un air prude et même dévot. »

Ces demandes étaient : l'autorisation de se marier
avec un prince étranger qu'elle prétendait vouloir
épouser, et le don de cent mille écus que ce prince
exigeait qu'elle eût pour dot.

Bassompierre raconta que le chancelier Bellièvre
dit au roi :

— Sire, je suis d'avis que vous donniez cent mille
beaux écus à cette demoiselle pour lui trouver un bon
parti.

Et sur la réponse de Sully qu'il était aisé de parler
de cent mille écus, mais difficile de les trouver, le
chancelier répartit vivement :

— Sire, je maintiens mon avis, pour cent mille
écus, au moins !

La passion du roi, plus que les vues économiques
de son ministre, l'empêcha de suivre ce conseil, aussi
bien que de sévir contre la coupable.

Empressé de la revoir, il lui fit grâce pour l'obtenir
d'elle.

Des lettres, expédiées au sceau et vérifiées par le
Parlement le 23 mars, permirent à la marquise de se
réfugier dans sa terre de Verneuil.

La peine prononcée contre son père et son frère
fut commuée en une prison perpétuelle, mais d'En-

tragues recouvra sa liberté peu de temps après, et le comte d'Auvergne en fut quitte pour passer douze ans à la Bastille.

Sept mois après les lettres de grâce, accordées à Madame de Verneuil, Henri en donna des nouvelles qui la déclaraient entièrement innocente et portaient défense au procureur général de faire, à l'avenir, aucune poursuite contre elle.

Cette dernière faveur fait voir jusqu'à tel point le prince était dominé par une maîtresse à laquelle il était forcé de toujours revenir, et qui avait le secret de lui plaire et de l'entraîner, malgré tous les efforts des rivales que Henri lui donnait dans le même temps.

On ne sera donc pas étonné, après cela, de voir la marquise reprendre son empire sur le roi et en abuser de nouveau, principalement en poursuivant la reine de sarcasmes où respirait la plus noire malice.

Le roi et la reine, allant à Saint-Germain-en-Laye, accompagnés de la princesse de Conti et de la duchesse de Montpensier, tombèrent dans la rivière qu'ils passaient dans un bac à Neuilly. Il s'en fallut peu que Marie fût noyée.

La marquise, ayant appris cet événement, dit au roi :

« Si j'eusse été là, vous *sauvé*, j'aurais volontiers crié : la reine boit ! »

Le mot cruel fut répété et produisit une querelle entre les deux époux ; la reine ne voulut parler au roi de quinze jours.

GABRIELLE ET LE MAGICIEN

Cependant, le roi essaya encore, pour se guérir de ses amours, de revenir à d'autres maîtresses.

Vains efforts que les dédains faux ou véritables de Madame de Verneuil rendaient inutiles en augmentant la passion de Henri.

Il fallait, pour opérer une guérison aussi difficile, quelque chose de plus que des plaisirs rendus fades par l'habitude.

Mais si l'amour fait passer le temps, le temps fait passer l'amour.

Cette femme si fière, si dédaigneuse, qui s'était tant et si longtemps joué de la faiblesse du monarque, devint à son tour un objet de mépris et de rebut.

Déchue et dédaignée, elle essaya de paraître à la cour et passa le reste de ses jours tantôt dans sa maison de Verneuil, tantôt à Paris dans une obscurité complète.

Elle mourut le 9 février 1633, à l'âge de cinquante-quatre ans.

Madame de Verneuil fut en même temps la plus méprisable des maîtresses de Henri IV et, peut-être, la plus aimée.

Fière jusqu'à l'insolence, libertine, vénale, hypocrite et séditieuse, ses avantages se réduisaient à quelque beauté et à un peu d'esprit.

Elle avait eu de Henri deux enfants : Henri de Bourbon, duc de Verneuil, pair de France, légitimé en 1603 et Gabrielle-Angélique, légitimée de France qui, on le sait, devint duchesse d'Epernon.

Lorsque, sur la fin de 1604, Henri IV, fatigué des brouilleries et des querelles sans cesse renaissantes entre lui et la reine, au sujet de la marquise de Verneuil, voulut essayer de se détacher de cette favorite, ce prince jeta les yeux sur Jacqueline de Bueil, jeune fille d'une grande beauté.

Entrée sans guide dans une cour où la débauche avait remplacé la galanterie, Jacqueline, quoique issue d'une maison d'ancienne noblesse, n'en fut pas moins, suivant Bassompierre, une femme au cœur de c...

Ce fut le jour de son entrée à Paris, au retour du voyage de Sedan que Henri eut occasion de connaître Mademoiselle de Bueil.

En passant dans la rue Saint-Antoine, pour se rendre au Louvre, il la vit à une fenêtre et l'honora d'un salut.

Ce prince n'eut qu'à parler pour disposer d'une nouvelle conquête, et cette facilité contribua sans doute à la manière presque froide dont il usa constamment avec elle.

Son premier soin fut de lui chercher un mari qui, satisfait de la fortune que cette union lui procurerait, ne prétendît à rien de plus.

Il le trouva dans la personne de Henri de Harlay, comte de Chézy, connu sous le nom de Champvallon, et très jeune alors.

Voici ce qu'en dit L'Estoile, et l'extrait est fort curieux :

« Le mardi 5 octobre 1604, à six heures du matin,

Mademoiselle de Bueil, nouvelle maîtresse du roi, épousa à Saint-Maur-des-Fossés, le jeune Champvallon, gentilhomme, bon musicien et joueur de luth, piètre, comme on disait de tout le reste, même des biens de ce monde. Il eut l'honneur de coucher le premier avec la mariée, mais *éclairé*, ainsi qu'on disait, tant qu'il y demeura, des flambeaux, et veillé de gentilshommes par commandement du roi qui, le lendemain, coucha avec elle au logis de Montauban où il fut au lit jusqu'à deux heures de l'après-midi. Et ainsi était dessus sa femme, *mais il y avait un plancher entre-deux.* »

La comtesse de Moret fut honorée pendant quelques années des amours de Henri IV, mais elle n'exerça aucune influence sur lui.

Ce qui est assez curieux. c'est que son histoire rappelle un peu celle de la *Belle Ferronnière* que nous avons racontée dans notre livre sur les *Maîtresses de François Ier*.

Elle aussi avait été rencontrée dans la rue, mais il faut dire ou rappeler que la *Belle Ferronnière* avait été enlevée et que, sans ce rapt, tout porte à croire qu'elle fut restée la bonne bourgeoise, faisant les délices de son mari, le marchand de fer.

Mademoiselle de Bueil, devenue comtesse de Moret, était fille noble : et c'est pour cela qu'elle sentait, d'instinct, tous les avantages qu'il y avait pour elle, et pour sa maison, à ne pas marchander sa beauté au roi de France.

L'histoire de la monarchie, surtout sous François Ier et Henri IV, est pleine de ces défaillances intéressées.

VII

CHARLOTTE DES ESSARTS, COMTESSE DE ROMORANTIN.

L'aventure de Charlotte des Essarts, comtesse de Romorantin, jette un jour singulier sur l'époque du règne de Henri IV.

C'est à ce titre que nous devons lui consacrer ici quelques pages qui ne seront pas sans intérêt pour le lecteur.

Charlotte, fille de François des Essarts, seigneur de Sautour, écuyer d'écurie du roi et de sa seconde femme, Charlotte de Harlay de Champvallon, ne parut à la cour que pour donner deux enfants à Henri, qui s'attacha à elle vers l'année 1607.

La famille des Essarts, dont il faut dire un mot, ne commença à être connue qu'en 1402, époque à laquelle Pierre des Essarts, l'un des seigneurs passés en Ecosse au secours du roi, y fut fait prisonnier.

Après avoir occupé plusieurs charges, entre autres celle de grand prévôt de Paris, il se trouva impliqué dans une accusation relative au projet de l'enlèvement du roi Charles VI et du duc de Guyenne.

Décapité aux Halles, en juillet 1413, son corps fut porté à Montfaucon ou, quatre ans auparavant, il avait fait pendre celui de Montaigu, grand-maître de France.

Aucun membre de cette famille ne fut titré ; le père de Charlotte en était le neuvième chef connu.

Nous avons dit que le roi Henri avait pris Charlotte des Essarts pour maîtresse en 1607.

Il s'était adressé à elle lorsque la découverte du commerce de Madame de Moret avec le prince de Joinville le dégoûta de l'infidèle amie. C'était donc un pis-aller.

Mademoiselle des Essarts revenait alors d'un voyage qu'elle avait fait en Angleterre, comme attachée à la comtesse de Beaumont-Harlay, qui avait accompagné son mari, envoyé en ce pays en qualité d'ambassadeur de France.

Simple demoiselle, Charlotte, aussi ambitieuse que peu sévère dans ses mœurs, s'honora de l'amour du roi.

Elle y répondit sans aucune difficulté, même apparente.

Elle n'en tira cependant que de médiocres bienfaits et le titre, qu'elle enviait beaucoup, de comtesse de Romorantin.

Aussi chercha-t-elle ailleurs une condition mieux proportionnée au prix qu'elle mettait à ses charmes.

Pendant qu'elle était encore la maîtresse de Henri IV, elle accueillit et couronna l'amour du cardinal de Guise.

Celui-ci était alors archevêque de Reims et certains historiens ont prétendu qu'il avait épousé Charlotte.

Après la mort du Cardinal, elle fut aimée de M. de Vic, archevêque d'Auch, et resta près de lui pendant trois ans.

Enfin, après tous ces essais de galanterie, elle parvint au but suprême que vise son sexe, elle se fit épouser. Elle eut un mari et elle entra au port malgré tant d'orages et tant de naufrages.

Ce mari, si peu soucieux du passé, et si peu scrupuleux sur les convenances, était François de l'Hôpital, comte de Rosnay, seigneur du Hallier, de Beine et autres lieux.

Il avait été d'abord gouverneur de Lorraine, puis de Champagne, et enfin maréchal de France et gouverneur de Paris.

Il se nommait simplement du Hallier lorsqu'il épousa Charlotte, en 1630.

Le contrat fut passé le 4 novembre à Rumilli-l'Albanais, en Piémont.

Du Hallier, persuadé sans doute de l'existence du mariage antérieur de sa femme avec le cardinal de Guise, la considéra comme veuve d'un prince, et crut par cela même que son honneur était à couvert.

Du reste, si l'on en croit Le Vassor, dans son *Histoire de Louis XIII*, le mariage clandestin de ce prince de l'Eglise avec Charlotte des Essarts était un fait assez probable, d'après les mœurs du temps.

Quelques années après ses secondes noces, Madame du Hallier tenta de se mêler à des intrigues politiques.

Mais ce premier essai lui fut aussi fatal que ses galanteries avaient été heureuses.

Charles IV, duc de Lorraine, après avoir traité successivement avec l'Angleterre, l'Empire et l'Espagne, contre la France, et avoir éprouvé diverses alternatives de succès et de revers contre les troupes du roi, se vit enfin forcé, en 1640, de quitter les terres de ses États pour passer en Flandre où il joignit ses troupes à l'armée espagnole.

Ce fut alors que Charlotte se mit en tête d'opérer la réconciliation du duc avec le roi, espérant par là obtenir de la maison de Guise la légitimation des enfants qu'elle avait eus du cardinal.

Pour parvenir à ce but, elle fit agir auprès de la cour M. du Hallier, son mari, et engagea dans la même négociation auprès du duc la princesse de Cantecroix, que Charles avait épousée secrètement.

Toute cette affaire marcha d'abord à la satisfaction de Madame du Hallier.

Le duc se rendit à Paris pour la terminer. Il n'y fut pas longtemps sans reconnaître le mauvais pas où on l'avait engagé ; mais ne pouvant reculer, il signa, le 2 avril 1641, à Saint-Germain-en-Laye, un traité fort désavantageux. Aussi ne le tint-il pas.

Rentré en Lorraine quelques jours après, il fit une protestation.

Bientôt après, il se retira à son ancien poste, entre Sambre et Meuse, et pour expliquer cette retraite, il envoya au cardinal de Richelieu un billet, écrit de la main de Madame du Hallier, à la supérieure de la congrégation de Nancy pour la prier de donner avis à M. de Guise que la cour voulait s'assurer de sa personne.

Richelieu borna pour cette fois la vengeance d'un fait qui ne l'intéressait pas personnellement, et qui servait même son ambition en la rendant nécessaire, à donner l'ordre à du Hallier de reléguer sa femme dans une de ses terres.

Elle y demeura exilée et inconnue jusqu'à sa mort survenue en juillet 1651.

Charlotte des Essarts avait eu de Henri IV deux filles.

La première, Jeanne-Baptiste de Bourbon, légitimée par lettres-patentes de 1608, prit l'habit de religieuse dans l'abbaye de Chelles.

Elle fut nommée coadjutrice de Fontevrault, en 1624, abbesse en 1637 et mourut le 6 juillet 1680.

Jamais cœur de fille ne porta plus loin le sot orgueil et les prétentions honorifiques.

Elle avait obtenu un arrêt du Parlement qui enjoignait aux prieurs de son ordre de lui donner le titre de *Mère*, qu'elle a porté la première.

Le prieur de Fontevrault, l'assistant à l'article de la mort, lui disait :

« *Accipe, soror, viaticum.* » — *Ma sœur*, recevez le viatique. Jeanne le regarda fixement :

« Dites *Mater, ma mère*, murmura-t-elle, un arrêt du Parlement l'ordonne.

La justice même à ses yeux devait fléchir devant son nom.

Elle dit un jour au premier président de Harlay, qui venait de prononcer un arrêt contre elle « qu'apparemment il ignorait qu'elle était du sang de Henri IV. »

— Oui, vous en êtes, répondit le magistrat, et *du plus chaud.*

La seconde fille de Charlotte des Essarts, Marie-Henriette de Bourbon, mourut abbesse de Chelles, le 10 février 1629.

Marié ou non, le cardinal de Guise eut de la comtesse de Romorantin, trois fils et une fille :

Charles-Louis de Lorraine, abbé de Chalis, mort évêque de Condom, le 1er juillet 1668, à Auteuil, près de Paris ;

Achille de Lorraine, comte de Romorantin, tué au fameux siège de Candie, où il commandait en chef les troupes vénitiennes ;

Henri, dit le chevalier de Lorraine ;

Charlotte de Lorraine, abbesse de Saint-Pierre de Lyon ;

Et Louise, femme de Claude Pot, seigneur de Rhodes, grand-maître de cérémonies de France et premier écuyer tranchant du roi, mort en 1652.

On voit que la postérité de Charlotte des Essarts ne souffrit en rien de son origine.

VIII

LA DERNIÈRE PASSION DU ROI
CHARLOTTE DE MONTMORENCY, PRINCESSE DE CONDÉ

Ceux qui aiment les femmes sont destinés à les aimer toujours : c'est même le châtiment qui les attend invariablement.

Après avoir cent fois foulé aux pieds toutes les convenances et oublié, dans ses desseins amoureux, ce qu'il devait aux autres et à lui-même, il ne manquait plus à Henri IV pour mériter le titre de Vert-Galant, que de chercher à déshonorer son propre sang.

C'est ce qu'il fit dans sa dernière passion.

La reine s'occupait d'un ballet qu'elle voulait danser au carnaval de l'année 1609, et dans lequel les nymphes de Diane étaient représentées par les douze plus belles femmes de la cour.

Le roi, assistant à la répétition, y fut fortement frappé de la beauté de l'une d'elles, qui déploya en outre en dansant des grâces surprenantes.

Les dames qui figuraient devaient, à un certain moment, lever le javelot, comme si elles avaient voulu le lancer.

Mademoiselle de Montmorency se trouva vis-à-vis du roi, quand elle leva son dard, et il sembla qu'elle l'en voulait percer.

Le roi dit depuis qu'elle fit cela avec tant de grâce qu'effectivement il fut blessé au cœur. Il pensa s'évanouir.

Celle qui avait produit tant d'effet était Charlotte-Marguerite de Montmorency, fille du Connétable de ce nom, célèbre sous celui de Danville dans les guerres de religion, et de Louise de Budos, sa seconde femme qui, elle-même, avant son mariage, avait inspiré à Henri un commencement de passion.

Suivant son expédient ordinaire, qui lui avait réussi avec M. de Liancourt, le bossu de Gabrielle d'Estrées, il songea à marier la belle princesse et à faire les affaires de quelqu'un qui lui laisserait faire les siennes.

Nous devons à M. de Lescure l'histoire de ce mariage: elle est fort curieuse.

D'après cet auteur, les prétendants ne manquaient pas, quoique la plupart, peu encouragés par la rivalité du roi, n'aient cru plus prudent de s'effacer.

Un seul, trop avancé, ne voulut pas ou ne crut pas devoir reculer.

C'était le beau, le brave, le galant Bassompierre, colonel des Suisses.

« Un obstacle plus grand que la vertu sévère du Connétable et celle de sa fille, s'opposait, dit Saint-Edme, au succès des amours du roi. Celui qu'il chérissait le plus parmi ses confidents intimes, dont il ne pouvait pour ainsi dire pas se passer, Bassompierre, était l'amant déclaré de Mademoiselle de Montmorency. Le père la lui avait proposée, le mariage était arrêté, et le roi y avait donné son consentement, avant d'avoir vu la jeune épouse. »

Un autre candidat était sur les rangs. C'était le prince de Condé, personnage sournois, qui dissimulait avec une habileté précoce, son ambition et son énergie.

Sans autre fortune que les bienfaits du roi qui avait payé son éducation, sans appuis, ce prince malheureux, à qui on contestait jusqu'à son nom, portait humblement et silencieusement le poids de l'autorité de sa race et celui de la protection ironique d'un roi dont l'indulgence pour sa mère n'avait pas été, dit-on, complètement désintéressée.

Il vivait à la cour dans une oisiveté rassurante et une entière docilité.

Il était sombre, solitaire, sauvage, ami des routes désertes et des forêts profondes, grand chasseur, courtisan médiocre, sans esprit et sans amours, croyait-on.

En effet, il aimait si peu les femmes qu'on le considérait comme tout à fait incapable d'aimer la sienne. Il y a des gens qu'il ne faut pourtant pas juger sur la mine.

Toutes ces considérations lui donnèrent de grands avantages sur Bassompierre qui, tout courtisan qu'il était, semblait peu disposé à accepter l'aumône d'une fortune infâme et à porter coquettement son déshonneur sur l'oreille.

Le père de Mademoiselle de Montmorency tenait pour Bassompierre.

Quant à la jeune princesse, pudique et rougissante, elle déclara qu'elle s'en tiendrait aux volontés de son père, ce qui veut dire qu'elle aimait ou préférait le beau colonel.

Henri IV voulut en avoir le cœur net et, d'après M. de Lescure, causant un jour avec Bassompierre, il lui dit :

— Je veux te parler en ami. Je suis devenu non seulement amoureux, mais furieux et outré de Mlle de Montmorency. Si tu l'épouses et qu'elle t'aime, je te haïrais; et si elle m'aime, tu me haïrais. Il vaut mieux que cela ne soit point cause de rompre notre bonne intelligence, car je t'aime d'affection et d'inclination. Je suis résolu de la marier à mon neveu, le prince de Condé, et de la tenir près de ma famille. Ce sera la consolation et l'entretien de la vieillesse où je vais entrer désormais. Je donnerai à mon neveu qui aime mieux mille fois la chasse que les dames, cent milles livres par an pour passer le temps et je ne veux d'autre grâce d'elle que son affection, sans rien prétendre davantage.

Henri IV amoureux platonique, c'était un véritable comble !

Pour Bassompierre, ne pouvant résister, il dut se résigner.

L'amant courtisan accompagna même le futur mari à sa première entrevue.

Il assista aux fiançailles qui eurent lieu au commencement de mars 1609, dans la galerie du Louvre.

Le roi prolongea malignement l'épreuve et fit boire à son rival le calice jusqu'à la lie.

Il s'appuya malicieusement sur son épaule et affecta de le retenir auprès des fiancés jusqu'à la fin de la cérémonie, se consolant de son dépit par celui de son voisin.

Bassompierre n'y put tenir : il en fit une maladie qui faillit l'emporter.

Le mariage fut célébré le 17 mai.

Henri constitua au prince une dot de cent cinquante mille francs, d'autres disent de cent mille écus par an.

Le Connétable donna à sa fille cent mille écus.

Elle reçut du roi deux mille écus pour ses habits de noces, des pierreries d'une valeur de dix-huit mille livres et, outre cela, plusieurs fortes gratifications en argent.

Henri redoublait ces présents qui, s'ils entretiennent l'amitié, ne nuisent pas à l'amour.

Il affichait d'ailleurs ainsi à la fois ses desseins et ses espérances, ce qui a fait croire à certains, même à Sully, qu'il y avait un accord secret entre les trois personnages de la comédie.

Il n'en était rien.

En effet, le roi de France, si rusé Gascon qu'il fût, allait être joué pendant un certain temps par le jeune sournois dont il croyait ne faire qu'une bouchée.

*
* *

Henri IV ne s'était pas mis en peine de cacher sa passion.

Il la laissa d'abord paraître assez pour donner de la jalousie au prince qui emmena sa femme à Saint-Valéry, et l'éloigna tellement de la cour qu'elle n'y parut presque plus.

Tout fut mis en usage par le roi pour recevoir la princesse : il alla jusqu'à employer des moyens peu dignes de la majesté royale, et des déguisements ridicules pour son âge.

Il se transportait incognito partout où il croyait devoir la rencontrer et ne manquait pas de trouver des intermédiaires parmi les nobles dames qui recevaient la princesse.

Enfin, pendant les fêtes qui furent données à Fontainebleau au mois de juillet, pour le mariage du duc de Vendôme, la flamme du roi éclata si fortement, et fut si hautement affichée que le prince résolut de ne plus exposer sa femme à de telles rencontres, d'autant plus qu'il n'était pas sans vraisemblance que le roi, par ces poursuites et galanteries de tout genre, ne fut parvenu à toucher le cœur de la princesse.

A propos de cette chasse désespérée, dans une de ses odes, Malherbe fait dire au *Grand Alcandre* (Henri IV) :

> Je sers, je le confesse, une jeune merveille,
> En rares qualités à nulle autre pareille,
> 　Seule semblable à soi ;
> Et sans faire le vain, mon aventure est telle
> Que de la même ardeur dont je brûle pour elle,
> 　Elle brûle pour moi.

Les mécontents et les ennemis cachés du roi, et la

reine elle-même, ne manquèrent pas de nourrir par leurs insinuations ces éléments de discorde et d'attiser le feu de la jalousie dans l'âme de Condé.

Le prince outré s'emporta en discours injurieux au roi, parmi lesquels était mêlé le mot de *tyrannie*.

L'auteur des Mémoires pour l'histoire de France rapporte que le roi relevant ce mot répondit :

« Je n'ai fait en ma vie acte de tyran que quand je vous ai fait reconnaître pour ce que vous n'étiez point. »

On disait, ajoute le même auteur, que la marquise de Verneuil qui parle au roi, non comme à son maître, mais comme elle ferait à son valet, lui avait dit, bouffonnant sur ce propos :

« N'êtes-vous pas bien méchant de vouloir coucher avec la femme de votre fils, car vous savez bien que vous m'avez dit qu'il l'était. »

Henri crut vaincre la résistance du prince en lui retranchant la pension de cent mille écus et jusqu'aux moyens de subsistance qu'il lui avait fournis jusqu'à ce jour.

Mais, s'il faut en croire Sully, le prince de Condé avait déjà des intelligences avec l'Espagne ; et quelques jours avant le voyage de Fontainebleau, il s'était rendu à Paris chez un agent de cette puissance qui lui avait remis une bourse de mille doublons.

Le mauvais traitement qu'il éprouva de la part du roi ne fit donc que l'irriter sans le réduire, et dès lors, sa fuite hors du royaume fut arrêtée.

Il le déclara même à Sully, qui aussitôt le rapporta

au roi comme une chose qu'il fallait craindre et même
prévenir.

Henri ne put jamais s'imaginer que Condé, dépour-
vu de tout, en vînt jusqu'à cette extrémité.

Il lui donna même l'ordre de ramener sa femme à
la cour, ordre qui fut accompagné de menaces.

Condé, redoutant alors qu'il n'employât la menace
envers lui, se hâta de se rendre à Muret où était la
princesse, mais loin de la ramener à la cour, il la fit
aussitôt monter en croupe avec lui et partit avec quatre ou cinq domestiques.

A quelques lieues de là, un carrosse attelé de six
chevaux reçut les deux époux et les emporta sur la
route de Landrecies, où ils ne s'arrêtèrent point, continuant leur route sur Bruxelles.

Le nonce du pape et les archiducs reçurent le
prince avec beaucoup de joie.

Henri, en apprenant cette fuite, entra dans la plus
furieuse colère.

Ecoutons Bassompierre sur ce qui se passa en ce
moment :

« Le roi jouait en son petit cabinet quand d'Elben,
premièrement, puis le chevalier du Guet, lui en por-
tèrent la nouvelle.

« J'étais le plus proche de lui. Il me dit tout bas à
l'oreille : Bassompierre, mon ami, je suis perdu ; cet
homme mène sa femme dans un bois ; je ne sais si
c'est pour la tuer ou pour la mener hors de France.
Prends garde à mon argent et entretiens le jeu pendant que je vais voir de plus particulières nouvelles.

V — 8

« Chacun se retira. J'entrai où était le roi et ne vis jamais un homme si éperdu. »

Henri était alors avec le marquis de Cœuvres, le comte de Cremail, le duc d'Elbeuf et Loménie.

Ce conseil extraordinaire ne produisant aucun avis que le roi voulût adopter, il assemble ses principaux ministres, Ballièvre, Villeroy, Jeannin, Sully, et quelques courtisans dans la chambre de la reine, et là, chacun propose ses idées particulières.

Le chancelier veut qu'on déclare le prince rebelle.

Villeroy parle de négociations avec les princes étrangers.

Jeannin opine pour la guerre avec les Pays-Bas, la guerre de Trois, sans doute.

Sully, pour que le roi laissât tomber cette affaire et affectant le plus grand mépris pour le prince de Condé, ôte ainsi à ses ennemis l'intérêt qu'ils pouvaient prendre au fugitif.

Rien de tout cela ne se fit.

Quoiqu'il en soit, le roi n'eut plus de repos depuis cette affaire.

Le duc de Praslin, qu'il avait envoyé en Flandre pour y faire connaître ses intentions au prince de Condé et obtenir de l'archiduc qu'il le ramenât, ne réussit ni auprès de l'un, ni auprès de l'autre.

L'archiduc était incertain, mais il resta tel. Il fallut recourir à de nouveaux moyens.

Le marquis de Cœuvres reçut une nouvelle mission.

Le père Daniel, dans son *Histoire de France*, a tiré sur cet incident des éclaircissements des lettres de la bibliothèque de M. d'Estrées, par lesquelles il est prouvé que Henri IV envoya secrètement le marquis de Cœuvres à Bruxelles pour enlever la princesse de Condé, ce qui fut en effet tenté.

L'exécution du projet devait avoir lieu le 13 février 1610.

Ce dessein échoua, suivant le même auteur, parce que Henri, l'ayant découvert à la reine, cette princesse dépêcha un courrier au marquis de Spinola, qui fit prendre à la princesse de Condé, de l'aveu de son mari, un appartement dans le palais de l'archiduc.

Le roi, voyant le mauvais succès de ses intrigues à Bruxelles, écrivit au prince, l'assura de son pardon, s'il revenait, et le menaça, s'il persistait dans ce qu'il appelait sa révolte, de le faire déclarer criminel de lèse-majesté.

Le prince répondit par des assurances de son innocence et de son respect et par une protestation de tout ce qui serait fait à son préjudice.

Ce fut après ces diverses tentatives, et lorsque Henri en vit toute l'inutilité, qu'il se résolut à déclarer la guerre à l'Autriche, qui donnait asile au fugitif.

Cette coïncidence suffirait pour justifier les écrivains qui ont attribué pour motif à cette guerre l'excès de la passion de Henri.

Sully témoigne que le roi rejeta le conseil qu'il lui donnait de ne pas s'inquiéter de la fuite du prince, en répondant avec indignation :

« Quoi ! vous voudriez que je souffre qu'un petit prince, mon voisin, retirât contre mon gré le premier prince de mon sang, sans en témoigner du ressentiment ! Voilà un beau conseil : aussi n'en ferai-je rien. »

Mézeray, Voltaire et d'autres historiens après Sully, préférant présenter Henri IV comme un héros en toute occasion, soutiennent que le prince aurait eu, en déclarant cette guerre, les plus vastes desseins et, comme le vulgaire l'a pensé, celui d'établir une sorte de pondération générale entre les États de l'Europe, ou même une monarchie universelle.

Rien ne vient à l'appui de cette opinion, et tout semble favoriser la première.

Celle-ci est d'ailleurs soutenue comme étant la seule réelle par Siri qui rapporte toutes les particularités de la fuite du prince et de ses conséquences.

Siri ajoute que la princesse continua de recevoir à Bruxelles des lettres galantes de Henri IV ; qu'elle ne demandait pas mieux que de retourner en France, mais qu'on la retenait prisonnière.

Dreux du Radier a écrit que, malgré les préparatifs de la guerre, le roi employa une troisième fois la voie de la négociation pour revoir la princesse.

Préau, qui conduisait cette nouvelle intrigue, en apparence au nom du Connétable, alléguait pour motifs du retour le couronnement de la reine et la nécessité que la princesse vînt en France pour former sa demande en séparation contre son mari, extrémité à laquelle les mécontentements réciproques portaient les deux époux.

GOUCHER

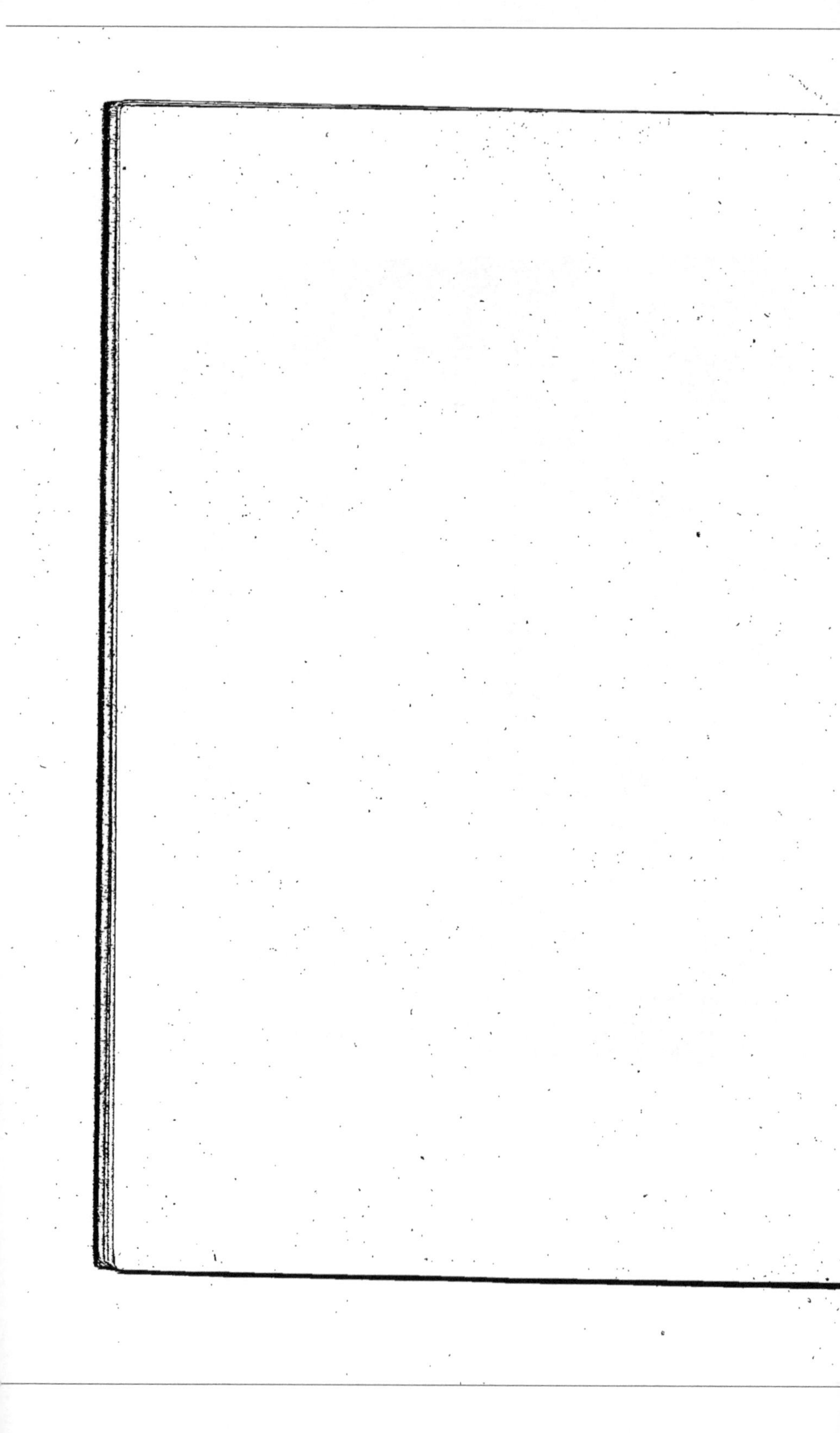

Cependant, après la tentative d'enlèvement du 13 février, le bruit en ayant été répandu dans Bruxelles, le peuple indigné avait pris les armes et témoigné son intention de ne pas souffrir qu'un pareil attentat se renouvelât.

Le prince de Condé, craignant quelque fâcheux événement se retira dans le Milanais.

Le comte de Fuentes, ennemi du roi, le reçut à bras ouverts, fit courir le bruit que Henri IV avait mis la tête du prince au prix de deux cent mille écus, et sous ce prétexte, lui donna des gardes à pied et à cheval.

Le prince de Condé était parti de Bruxelles, après avoir confié sa femme à l'archiduchesse qui, pour plus de sûreté, la fit loger au palais même, et s'installa dans une chambre qu'il fallait traverser pour pénétrer jusqu'à elle.

C'est alors que, par Madame de Berny, et par Girard, secrétaire gagné du Connétable, et enfin par des caméristes achetées, on enveloppa la princesse de toute sorte de séductions pour lui faire agréer le projet qui était la dernière ressource du roi.

Le Connétable réclama sa fille à l'archiduc au nom de son autorité paternelle et il l'envoya retirer de ses mains par la duchesse d'Angoulême, sa tante.

La princesse de Condé fut ramenée à Paris.

Elle n'avait fait de résistance que tant que son mari, — et ce n'était pas un mari commode, — était resté auprès d'elle.

Elle devint la maîtresse du roi, la plus belle peut-être, et la dernière.

Là, elle continua les conquêtes de sa coquetterie.

Il était dit que le roi serait trompé par toutes les femmes qu'il avait eues.

Madame de Motteville prétend avoir entendu dire à la princesse de Condé qu'elle avait le regret de ce que le cardinal Bentivoglio n'avait pas été élu pape, afin de pouvoir se vanter d'avoir eu des amants de toutes les conditions, des papes, des rois, des cardinaux, des ducs, des maréchaux de France, et même des gentilshommes.

Et dire que Charlotte de Montmorency fut la mère du Grand Condé !

**

Henri IV fut assassiné le 14 mai 1610. A la première nouvelle de sa mort, le prince de Condé revint en France auprès de sa femme.

Le rapprochement des deux époux parut sincère, mais certainement il le devint plus tard.

La princesse poussa si loin le sentiment des convenances qu'elle voulut partager la prison de son mari, enfermé à la Bastille, parce qu'il s'était jeté dans le parti des mécontents.

En 1633 elle donna encore un autre exemple de dévouement à l'occasion de la condamnation de l'infortuné maréchal de Montmorency, son frère, décapité à Toulouse.

Après plusieurs sollicitations inutiles, elle humilia

sa fierté jusqu'à se jeter aux pieds de Richelieu, le ministre-roi.

Richelieu, par hypocrisie ou par une raillerie cruelle ne répondit à la princesse qu'en se mettant lui-même à genoux.

Le crime de Montmorency était d'avoir embrassé les intérêts de la reine-mère, persécutée par le cardinal, sa propre créature.

La noblesse seule du maréchal le jeta dans ce parti.

Sa fidélité était si bien connue du roi que Louis XIII dangereusement malade à Lyon, ne s'en fia qu'à lui du soin de sauver son ministre, s'il venait à mourir.

La reconnaissance du cardinal fut de perdre le même homme qui lui avait été assigné comme protecteur.

Tant qu'il le crut fort, il chercha à négocier avec lui ; mais dès qu'il put penser qu'on réduirait sûrement son parti, il ne voulut rien entendre, et lorsqu'après la condamnation du maréchal, sa grâce déjà promise au frère du roi, fut vivement sollicitée, Richelieu et le Père Joseph contraignirent le roi à demeurer insensible.

Veuve en 1646, la princesse de Condé ne survécut que quatre ans à son mari.

Elle mourut à Châtillon-sur-Loing, le 2 décembre 1650.

Elle n'avait pas oublié sur la fin de sa vie les amours de sa jeunesse.

L'intendant de justice Lenet dans ses *Mémoires concernant les guerres civiles*, faisant le tableau de la cour de Louis XIV, le termine ainsi :

« Après la promenade et la lecture des romans, les jeunes dames prêtaient une oreille attentive à la *princesse douairière* dont l'esprit était agréable et la conversation galante. Elle leur racontait les anecdotes de la vieille cour et ne leur laissait ignorer ni ses amours avec Henri IV, ni le déplaisir qu'en éprouvait son mari. Elle glissait sur la surveillance gênante de sa belle-mère et n'oubliait aucun des stratagèmes qu'employait le roi pour se rapprocher d'elle. »

Charlotte de Montmorency, princesse de Condé, avait eu trois enfants : Geneviève de Bourbon, Louis de Bourbon, dit le Grand Condé et Armand de Bourbon, prince de Conti.

IX

LA REVANCHE DES MARIS TROMPÉS
LA REINE MARGOT

C'est la femme de Henri IV, Marguerite de Valois, qui vengea les Liancourt, les Condé et autres seigneurs encornés.

Elle fut délaissée par son mari, mais elle en pri énergiquement son parti.

Les galants étaient aussi nombreux autour de ses jupes que les maîtresses du roi.

Tantôt elle avise un officier de la garde du roi son mari, qui lui paraît bien fait, et lui donne son sein à baiser, sans souci de ceux qui pourraient la voir, tantôt *chez elle la passion est plus profonde et prend les traits d'un héroïsme touchant.*

C'est ainsi qu'après le supplice de La Mole et du comte Annibal de Coconas, décapités en place de Grève pour avoir projeté l'enlèvement du duc d'Alençon, Marguerite de Valois et la duchesse de Nevers, pleurant leurs amants infortunés, se font apporter leurs têtes sanglantes *pour les baigner de leurs larmes et les embaumer de leurs mains.*

D'après Charles Diguet, la précocité qu'on attribue à Marguerite de Valois est à peine croyable.

Elle commença à onze ans à être sensible aux hommages.

Deux jeunes pages, d'Entragues et Charrins, se vantèrent d'avoir obtenu ses faveurs.

Les compétiteurs furent tellement ardents que le premier faillit en mourir, si bien qu'il l'abandonna à son rival.

Celui-ci ne jouit pas longtemps de son triomphe car le prince de Martigues le remplaça dans le cœur de la jeune beauté.

Plus indiscret encore que Charrins et d'Entragues, Martigues ne fit mystère à personne de sa bonne fortune, en sorte que le régiment dont il était colonel, la cour et la ville ne tardèrent pas à connaître jusqu'aux moindres détails de cette intrigue. On pardonne un peu à l'amant son indiscrétion parce que son amour fut vrai et qu'il dura toute sa vie.

Aux occasions les plus périlleuses, il portait une écharpe brodée d'or aux couleurs de celle qu'il adorait.

Belle époque, après tout, que celle où l'on se drapait dans son amour pour mourir.

Il paraît que le jour de son mariage, Marguerite de Valois ne prononça pas le *oui* traditionnel. Elle inclina distraitement la tête comme si elle pensait à autre chose.

Son premier amour illégitime fut, nous l'avons dit, pour La Mole qui dut le bonheur d'être aimé à son rôle de comparse dans les amours de Coconas avec la duchesse de Nevers.

Celle-ci était l'amie intime de la reine et la confidente de ses amours.

Pendant les heures que les deux amants passaient ensemble, La Mole gardait les manteaux.

Or, cette occupation banale à la porte de ceux qui employaient si doucement leurs moments ne le satisfaisait pas pleinement.

Il s'en plaignit à Coconas et il y avait bien de quoi.

Coconas fit pour lui ce qu'un ami devait faire : il en parla à la duchesse de Nevers qui, elle aussi, entretint la reine du martyre de La Mole.

Marguerite comprit parfaitement, sans la moindre démonstration, tout ce que cette position avait de

pénible pour un gentilhomme bien fait de sa personne
et elle dit qu'à l'avenir il n'aurait plus à garder les
manteaux.

Elle le reçut dans ses appartements et La Mole
n'eut plus rien à envier à Coconas.

Marguerite de Valois était très curieuse de toutes
les choses de l'amour.

Elle avait les passions les plus ardentes, les atta-
chements les plus tendres et elle se livrait aux folies
les plus extravagantes.

D'ailleurs, n'avait-elle pas, à part sa couronne,
les plus beaux brevets qu'une femme puisse souhaiter ?

Sa peau était blanche comme les pétales d'une tu-
béreuse ; ses mains, belles à ravir, étaient promet-
teuses de caresses.

Sa taille ronde, flexible comme un roseau, avait
des ondulations charmantes.

Sa voix possédait des modulations incomparables
et son regard un merveilleux attrait.

Margot c'est ainsi qu'on l'appelait, fut si navrée
de la mort de La Mole qu'elle fit pitié à Saint-Luc.

En vérité, nous ne plaindrons pas le nouveau com-
patissant.

Il avait à consoler la plus charmante créature de
la cour et il usait de mille subterfuges pour aller la
voir.

Marguerite était alors à Nérac où elle tenait cour
plénière.

Saint-Luc s'y rendait la nuit et, chaque fois, il était diversement travesti.

A peine l'aube aux clartés naissantes passait-elle à travers les rideaux de l'alcôve qu'il disparaissait, emportant le souvenir exquis des plus brûlants baisers.

Après Saint-Luc vinrent de Bussi et le duc du Maine.

Pendant ce temps, Marguerite de Valois posait des jalons pour les futurs plaisirs.

Elle avait coutume de voir parmi les jeunes et nouveaux gentilshommes le vicomte de Turenne.

Il était de bonne mine, de haute taille et d'un extérieur fort aimable.

Suivant son habitude de ne pas juger sur les apparences, mais de vouloir connaître le fond des choses, Margot se fit aimer de lui.

Encore une nouvelle déception ! Elle congédia vite en disant « qu'il ressemblait aux nuages vides qui n'ont de beau que l'apparence. »

L'infortuné vicomte s'en alla en province cacher son amour car il aimait l'inconstante.

Mais le plus curieux de l'aventure, c'est qu'il arriva que ce fut le roi de Navarre, le mari de Marguerite qui, n'ignorant rien de ce commerce, força sa femme à le rappeler.

Marguerite, bien qu'un peu à regret, y consentit. Turenne revint ; mais il n'eut plus pour ainsi dire que les croquignoles de l'amour et plus d'une fois il dut subir la passion de Clermont d'Amboise.

Il vit maintes fois celui-ci embrasser Marguerite en
déshabillé sur le seuil de sa chambre.

Elle prenait le moyen infaillible de tuer l'amant ou
l'amour dans le cœur de celui qui l'aimait.

On s'étonnera de voir la bonhomie avec laquelle
Henri supportait une telle conduite.

Charles Diguet, déjà cité, a fait un portrait de Marguerite de Valois qui ne laissera aucun doute sur le
destin de son mari.

« Femme de plaisir à outrance, si Marguerite aimait à la fois les amours profondes et les amourettes
distrayantes, elle avait un goût étrange pour les voluptés de la passion. On peut dire qu'elle goûta
l'amour à toutes les coupes. Si, sans souci de son
rang et de sa beauté d'une perfection infinie, elle ne
se lassa pas d'aimer ou plutôt de se faire aimer par
les lansquenets à peine dégrossis, elle rechercha aussi
avec un soin infini les mièvreries les plus délicates
des voluptés raffinées. C'est ainsi qu'elle fit mettre à
son lit des drap de taffetas noir et qu'elle illumina sa
chambre de plus de mille bougies. Le satin blanc de
son beau corps ne devait-il pas avoir des clartés
stellaires dans ce cadre! Il ne lui manquait que la
chemise en tulle noir, et le tableau serait complet! »

Ces raffinements l'avaient rendue si délicate que
Henri IV raconte que lorsqu'il revenait de la chasse
le visage poudreux et qu'il se couchait auprès d'elle,
elle faisait changer les draps dès qu'il était parti,
bien, ajoute le galant souverain, qu'il ne fût resté à
peine qu'un quart d'heure.

Enfin, un des plus célèbres amants de Marguerite de Valois fut un nommé Pomini. Il était enfant de chœur à la cathédrale, et comme il avait une voix d'ange et une tête de chérubin, il fut vite désiré.

Marguerite en fut violemment éprise et elle trouva que cette voix charmante serait plus appréciée par elle seule que par le public.

Le jeune Pomini passa à la chapelle et de la chapelle à la chambre à coucher de la reine.

Ce favori était le fils d'un chaudronnier, et voilà celui que Marguerite de Valois avait donné pour rival à Henri IV, roi de France et de Navarre.

Celui qui avait pris tant de femmes à ses sujets n'eut pas assez de ses dix doigts pour compter les amants de la sienne : ce fut le juste retour des choses d'ici-bas.

Nous terminerons ce travail par un enseignement peu connu sur l'assassinat du roi dont nous venons d'écrire la vie galante.

On dit qu'un point d'honneur avait excité Ravaillac à tuer Henri IV.

Celui-ci avait paraît-il, séduit la sœur de cet homme et l'avait abandonnée, grosse de lui, ce qui avait tellement outré le frère qu'il avait résolu de se venger.

Sans prétendre appuyer en rien un fait douteux, on peut dire qu'il est vraisemblable que les véritables auteurs de ce crime aient choisi, pour en être l'instrument, un homme ayant déjà à exercer une vengeance particulière, sentiment plus naturel et, par conséquent, plus compréhensible que celui du fanatisme seul.

Le fils et successeur de Henri IV régna sous le nom de Louis XIII.

Sa nullité en faisait un prince également incapable de grandes actions et de grands crimes, et l'histoire ne semble avoir conservé son nom que comme une date indiquant le règne d'un impérieux ministre, Richelieu.

Puisque nous nous sommes proposé de parler des maîtresses des rois de France, — nous continuerons cette série par Louis XIV et Louis XV, — disons un mot des galanteries du fils du roi Henri IV. Elles ne furent pas coupables.

La vue d'une femme jeune et belle avait pour lui un attrait particulier; pourtant, disait Christine, reine de Suède, *des femmes il n'aimait que l'espèce.*

Dans le fait, ses amours étaient purement spirituelles, d'âme à âme, et les jouissances en étaient vierges.

Ainsi, il allait souvent coucher avec le Connétable de Luynes, et, bien qu'il fût amoureux de l'épouse du Connétable, il s'endormait tranquillement sur le même chevet, sans idées et sans désirs.

— Les femmes sont chastes avec moi jusqu'à la ceinture, avait-il coutume de dire.

Et Bassompierre répondait :

— Il fallait donc la leur faire porter aux genoux.

Le fils de Henri IV aima presque platoniquement Mademoiselle de La Fayette.

C'est le père Joseph, celui qu'on a appelé l'*Eminence grise*, qui se mit en travers de ces amours naissantes. Celle qui aurait pu devenir favorite royale commença comme devait finir Mademoiselle de La Vallière, elle entra au couvent de la Visitation de la rue Saint-Antoine, à Paris, en 1637.

Louis XIII aima ensuite Marie de Hautefort, mais celle-ci déplut à Richelieu qui craignait qu'elle prit trop d'ascendant sur un prince sans énergie. Il la fit exiler.

Marie de Hautefort avait une gorge admirable, ce qui lui valut de l'abbé de Boisrobert l'impromptu suivant, à propos d'une perle tombée dans le sein de la jeune dame :

> Ne te plains pas du piège où je te vois tombée,
> Riche perle, qui fais le plaisir de nos yeux :
> La gorge qui l'a dérobée
> A fait des larcins plus précieux.

Mademoiselle de Hautefort épousa, à trente ans, le maréchal de Schonberg.

Elle fut dame d'honneur d'Anne d'Autriche, devint veuve en 1658, et vécut depuis dans l'obscurité d'où Louis XIV chercha vainement à la faire sortir.

Courbevoie. — Imp. E. Bernard, et Cⁱᵉ, 14, rue de la Station.